Caldéron de la Barca

Der standhafte Prinz: Tragödie in fünf Aufzügen

Caldéron de la Barca

Der standhafte Prinz: Tragödie in fünf Aufzügen

Unveränderter Nachdruck der Originalausgabe von 1880.

1. Auflage 2024 | ISBN: 978-3-38692-363-7

Antigonos Verlag ist ein Imprint der Outlook Verlagsgesellschaft mbH.

Verlag: Outlook Verlag GmbH, Zeilweg 44, 60439 Frankfurt, Deutschland, info@outlook-verlag.de
Vertretungsberechtigt: E. Roepke, Zeilweg 44, 60439 Frankfurt, Deutschland
Druck: Libri Plureos GmbH, Friedensallee 273, 22763 Hamburg, Deutschland

Der standhafte Prinz.

Tragödie in fünf Aufzügen

von

Calderon de la Barca.

Aus dem Spanischen übertragen und für die deutsche
Bühne bearbeitet

Alfred Freiherrn von Wolzogen.

Leipzig

Verlag von Philipp Reclam jun.

Der standhafte Prinz.

Tragödie in fünf Aufzügen

von

Calderon de la Barca.

Aus dem Spanischen übertragen und für die deutsche Bühne
bearbeitet von

Alfred Freiherrn von Wolzogen.

Leipzig

Druck und Verlag von Philipp Reclam jun.

Der standhafte Prinz.

Personen.

Dom Affonso V., König von Portugal.
Dom Fernando, ⎫
Dom Henrique, ⎬ Prinzen von Portugal.
Dom João Coutinho.
Brito, Portugiesischer Soldat.
Der König von Fez.
Phönix, dessen Tochter.
Muley, dessen Neffe und Feldherr.
Tarudante, König von Marocco.
Selim, in Diensten des Königs von Fez.
Rosa, ⎫
Zara, ⎬ Dienerinnen der Phönix.
Zelima, ⎭
Erster ⎫
Zweiter ⎬ Christensklave.
Dritter ⎭
Erster ⎫
Zweiter ⎬ Maure.
Portugiesische Soldaten, Maurische Krieger, Christensklaven, Gefangen-
wärter, Gefolge.

Die Handlung beginnt 1437 und spielt in und bei Fez, sowie bei
Tanger (sprich Tándscher.

(Rechts und links vom Zuschauer aus gedacht.)

NB. Fernando trägt ein weißes Ordenskleid mit einem rothen
Kreuz auf der Brust, Henrique ein schwarzes mit einem grünen Kreuz.
Henrique wird Enrike, João Schuáung und Coutinho Cotinju ausge-
sprochen.

Erster Aufzug.

Königlicher Garten am hinten sichtbaren Meere bei
Fez. (Abendsonne.)

Erster Auftritt.

Phönix sitzt traurig auf einer Gartenbank vorn links. Zara, Zelima
und Rosa stehen bei ihr.

Rosa (zu Phönix). Seh' ich deine Schönheit strahlen,
Darf die Rose dann noch prahlen,
Daß ihr Purpur sei verlieh'n?
Zara. Darf mit Weiße der Jasmin
Prunken, wo dein Angesicht
Glänzt wie Schnee im Sonnenlicht?
Phönix. Gäbe Schönheit mir den Frieden,
Ob es auch die meine wäre,
Wenn ich doch der Lust entbehre,
Wenn das Glück mir nicht beschieden?!
Zelima. Was betrübt dich?
Phönix. Wenn ich wüßte,
Zelima, was mich betrübt,
Wüßt' ich auch, was Lind'rung gibt,
Und den Kummer scheuchen müßte.
Doch von dem, der mich verletzt,
Kenn' ich weder Art noch Dauer;
Was ich sonst empfand als Trauer,
Scheint Melancholie mir jetzt.
Sicher weiß ich, Etwas fehle
Mir, doch nicht warum, nicht was;
Täuschungen wol sind's der Seele,
Ahnungen, daß dies und das
Mißgeschick mich könnt' erwarten, —
Denn auf Glück ist kein Verlaß.

Zara. Kann dir, Herrin, dieser Garten
Zur Erheiterung nicht dienen,
Wo in Frühlings=Wohlbehagen
Ueber Tempeln von Jasminen
Statuen von Rosen ragen?

Rosa. Oder laß dich auf den Fluten
Schaukeln träumerisch im Boot,
Weil der Sonne gold'ne Gluten
Sterben sanft im Abendroth.

Zelima. Ja, versuch's; der Wellen Schwanken
Scheucht die traurigen Gedanken.

Phönix. Nein, mich können nicht zerstreu'n
Gärten, Blumen, Meer und Wellen!
Mag der Abendröthe Schein
Magisch jede Wog' erhellen;
Sei es euch ein süßer Traum,
Anzuschau'n die Farbenspiele,
Wenn das Meer in Zephyr=Kühle
Scheint ein Garten voller Schaum
Und ein Blumenmeer der Garten:
Meine Augen doch nur starrten
Blind hinaus und tränken Schmerz
Aus den wonn'erfüllten Räumen.

Zara. Ach, wie leidet schwer dein Herz!

Zelima. Fänd' es doch, wie vormals, lieber
Als am Grame, Lust am Scherz!

Zweiter Auftritt.

Die Vorigen. Der König von rechts vorn mit einem Medaillon=Bilde
in der Hand. Phönix steht auf; die Damen treten zurück.

König. Da dein Uebel Schönheitsfieber,
Theures Kind, und dies zuweilen
Ueberraschung weiß zu heilen,
Sieh' dies Bild. Für dich entbrannte
Liebend König Tarudante
Von Marocco; — er ist's, er,
Der sein Bildniß schickt hierher
Und dir unter holden Grüßen
Seine Krone legt zu Füßen.

Günstig bin ich seinem Sinnen;
Nicht zu säumen brauch' ich weiter
Mit dem Sturm auf Ceuta's Zinnen,
Denn er stellt zehntausend Reiter.
Gönn' ihm denn, um dich zu werben.
    Phönix (abgewandt, für sich).
Allah, laß mich lieber sterben!
    König (ihr näher tretend). Seine Liebe wird versöhnen
Deinen Gram und frisch und heiter
Dir das Leben bald verschönen.
Sieh' das Bild; der schickt's an dich,
Den in Fez zum König ich
Deiner Schönheit werde krönen.
    Phönix (wendet sich seufzend noch weiter ab).
Herz, nun weißt du, was du klagst!
    König. Tochter, wie! du seufzest, zagst
Und verweigerst, was ich bot?
    Phönix (für sich). Lautet doch der Spruch auf Tod!
    König. Ich erwarte, was du sagst!
    Phönix (peinlich, gepreßt). Folgt' ich immer deinem Willen,
Vater, König, ohne Klagen,
(Bei Seite.) — Muley, ach, was soll ich sagen! —
(Laut.) Möcht' ich jetzt ihn auch erfüllen.
    König. Nimm das Bild denn!
    Phönix (nimmt es; für sich). Weil ich muß!
Nur die Hand empfängt als Bürde,
Was das Herz verweigern würde.
        (In einiger Entfernung wird ein Kanonenschuß gelöst.)
    Zara (nach hinten rechts sehend).
Muley wird durch diesen Schuß
Angemeldet. Heimgekommen
Ist er also schon vom Meer.
    König. Dieses Eilen wird mir frommen,
Kommt er früh'r auch wieder her,
Als ich irgend angenommen,
Denn erst kürzlich von uns schied er.
        (Er geht und blickt nach rechts hinten.)
    Phönix (nach links gehend, für sich).
Er in meiner Nähe wieder,

Dem ich liebend angehöre,
Den ich, wenn ich ihn verlöre,
Liebte dennoch ewiglich! —
    König. Ja, er ist es! Laß dich grüßen,
Muley, du mein and'res Ich!

Dritter Auftritt.

Vorige. Muley tritt auf, mit dem Commandostabe in der Hand;
drei Begleiter folgen.

    Muley (vor dem König das Knie beugend).
Sieh' mich, Herr, zu deinen Füßen.
    König. Sehr willkommen bist du mir.
Deine Hand! — Gegrüßt auch Ihr! —
(Er geht nach hinten zu den Begleitern, die gleichfalls niederknieen
und die Arme über der Brust kreuzen.)
    Muley (sich erhebend und vor Phönix verneigend, im Flüsterton).
Wer sich in des Lichtes Sphären
Sieht gehoben, wen der Schein,
Solcher Sonne darf verklären,
Wohl bewillkommt muß er sein. —
      (Das Bild in ihrer Hand bemerkend, bei Seite.)
Was, o Himmel, seh' ich da!
    Phönix. Mir auch bist du ... (für sich) schwere Pflicht! ...
(Laut.) Sehr willkommen ...
    Muley (bei Seite). Was ich sah,
Traun, bestätigt Solches nicht!
    König (vom Hintergrunde zurückkehrend, zu Muley).
Sprich, wie steht es auf dem Meer?
    Muley (sich fassend). Schlimm sind meine Neuigkeiten;
Fassung gilt's in solchen Zeiten, —
Schlimm'res kommt oft hinterher.
    König. Was dir kund ward, künde mir;
Denn ist man nur festen Muthes,
Hört man Böses, sowie Gutes
Ruhig an. — Wir sitzen hier,
Um geduldig dich zu hören;
Laß dich nichts im Reden stören.
      (Er läßt sich mit Phönix auf die Bank nieder.)
    Muley. Herr, wie du geboten hast,

Bin ich Ceuta zugefahren,
Das ein ungebet'ner Gast,
Portugal mit seinen Schaaren,
Deiner stolzen Kron' entwand.
Nicht so leicht in deine Hand
Wieder fallen kann die Veste,
König, denn die ganze Macht,
Wider Ceuta aufgebracht,
Muß bis zu dem letzten Reste
Nun zum Schutze Tangers eilen,
Soll es Ceuta's Loos nicht theilen.
Als mit gold'nem Tuch die Schatten,
Die im West geschlummert hatten,
Vor sich her die Sonne scheuchte,
Trocknend Morgenthränenfeuchte,
Eine Flotte sah ich da;
Auf des Meers gethürmten Wogen
Kam sie, ferner erst, dann nah,
Mächtig grollend angezogen.
Schnell in einer stillen Bucht
Ward Asyl von mir gesucht.
Arglos fuhren alle Schiffe,
Stark mit Feindesmacht bemannt,
Mir vorbei; doch mit dem Riffe
Vor dem Busen unbekannt,
Strandete das eine, sank,
Und die Mannschaft theils ertrank,
Theils sich barg auf meinem Schiffe.
So erfuhr ich, im Begriffe
Sei das Heer der Portugiesen,
Tanger kräftig zu beschießen,
Und Lisbóa's König schicke
Mit der auserwählten Schaar
Dom Fernando, Dom Henrique,
Seiner Brüder glorreich Paar,
Zwei erhab'ne Heldengeister,
Beide Christi Ordensmeister.
Kreuze zieren ihre Brust,
Den ein grünes, den ein rothes,

Und, mit Ehrfurcht, Lieb' und Luft
Achtend ihres Machtgebotes,
Folgen vierzehntaufend Krieger,
Allefammt fich fühlend fchon
Als triumpheffich're Sieger,
Die vollführen, was fie droh'n. (Mit erhobener Stimme.)
Zieh'n wir aus, daß wir vertheib'gen
Jene hartbedrängte Stadt!
Wer uns wollte je beleib'gen,
Strafe ftets empfangen hat.
Waffne drum dich felbft und fchwinge,
Herr, in deinem tapfern Arm
Mahoms Geißel, daß fie bringe
Ruhm dir und den Feinden Harm!
Nach dem fchrecklichften von allen
Blättern aus des Todes Buch
Sollen deine Feinde fallen,
Daß erfüllet fei der Fluch
Jenes Morabiterwortes:
„Portugal, dein Lorbeerreis,
Wo es grünte, da verdorrt es.
Dich begräbt einft glühendheiß
An des Mittelmeeres Rand
Afrikan'fcher Wüftenfand.“
König (aufftehend; Phönix thut besgleichen).
Muley, fprich nicht weiter, fchweige!
Töbtlich deine Rede trifft,
Füllt mein Herz mit Wuth und Gift,
Das ich gern gelaffen zeige.
Afrika foll den Infanten
Bald ein frühes Grabmal fchaffen,
Wie auch Allen, die in Waffen
Trotzig folgten als Trabanten.
Brich denn felber auf fogleich
Mit dem Reitervolk der Küfte;
Während hier das Heer ich rüfte,
Suche du durch kühnen Streich
Und Scharmützeln fie zu hemmen,
Daß fie uns nicht überfchwemmen,

Und ich rücke nach geschwind
Mit dem Rest der muth'gen Krieger,
Die noch hier im Lager sind;
Denn vereint nur sind wir Sieger,
Und das Ende der Beschwerden
Wird ein blut'ges Treffen sein;
Ceuta wird dann wieder mein,
Tanger nicht das ihre werden.
(Ab rechts vorn. Die Begleiter folgen auf Muley's Wink.)

Vierter Auftritt.
Phönix. Muley. Damen.

Muley. Phönix, nimmer kann ich gehen,
Dir erst muß ich es gestehen,
Welche Krankheit mich befallen
Und mich hält in ihren Krallen
So, daß sie den Tod mir bringt,
Wenn dir Heilung nicht gelingt. (Bewegung der Phönix.)
Zürne nicht der kecken Bitte —
Sie ist der Verzweiflung Frucht,
Meine Krankheit — Eifersucht,
Und die kennt ja keine Sitte —
Sprich, o Feindin, wessen Bild
In der weißen Hand erblick' ich?
Dich, die sonst mir hold und milb
War gesinnt, wer, wer beglückt dich?
Wer ist's, der dein Herz bestach?
Wer? — Doch halt! Eh' solche Schmach
Deine Zunge mir bekenne,
Sei's genug, daß unerkannt
Ich ihn sah in deiner Hand,
Ohne daß dein Mund ihn nenne!
Phönix (winkt den Damen, sich zu entfernen; diese gehen links
hinten ab). Muley, meine Neigung wollte
Dir gestatten, mich zu lieben,
Aber nicht, mir zuzuschieben,
Was ich nicht verbrach.
Muley. Ich sollte
Freilich and're Worte wählen.

Nicht mit Eifersucht dich quälen;
Doch, der Himmel kann's bezeugen,
Nimmer ist ihr vorzubeugen,
Aller Schranke spottet sie.
Sicher, Phönix, naht' ich nie
Dir mit fessellosem Triebe,
Warb um dich mit aller Zucht,
Aber was verschweigt die Liebe,
Kündet frei die Eifersucht.

    Phönix. Nicht verdient es dein Betragen,
Doch die Wahrheit will ich sagen. (Ihm das Bild zeigend.)
Dieses Bildniß, sieh', es sandte —
    Mulen (ohne hinzusehen). Wer?
    Phönix. Der König Tarudante.
    Mulen. Sandt' es dir?! Aus welchem Grunde
Gab er es in deine Hand?
    Phönix. Weil mein Vater, mit dem Bunde
Uns'rer Herzen unbekannt —
    Mulen. Nun?
    Phönix. Verlangt zu beider Kronen
Vortheil, daß ich seinem Werben —
    Mulen (auffahrend). Sprich's nicht aus! Tod und Ver=
                                      berben!
Meiner Liebe so zu lohnen!
    Phönix. Was des Vaters Schuld allein,
Kann die meine doch nicht heißen!
    Mulen. Dieses Bild zurückzuweisen,
Mußte heil'ge Pflicht dir sein!
    Phönix. Konnt' ich's denn?
    Mulen. O sicherlich!
    Phönix. Wie?
    Mulen. Das mußtest du ersinnen.
    Phönix. Und was sollt' ich denn beginnen?
    Mulen. Sterben, wie ich's thät' um dich!
    Phönix. Zwang war's!
    Mulen. Unbeständigkeit!
    Phönix. Nur Gewalt!
    Mulen. Ich kenne keine!
    Phönix. Nun, was war es dann?

Muley. Ich meine,
Alles that Abwesenheit, —
Sie begrub mein stolzes Hoffen;
Und bevor ich mehr betroffen
Noch von deinem Wankelmuth,
Scheint ein neu Entfernen gut.
Phönix. Muley, du beleidigst mich . . .
Ist das Schicksal abzuwenden?
Muley. Du hast dich gewandt von mir!
Phönix. Geh' nach Tanger, bis sich hier,
Hoff' ich, deine Klagen enden.
Muley. Sei's, läßt mich mein Leid nur leben!
Phönix. Noth gebietet's, — scheiden wir!
Muley (will gehen, kehrt um).
Muß ich gehen denn mit Beben,
Willst du mir das Bild nicht geben?
Phönix. Was der König meiner Hut
Anvertraut, ich wahr's als Pfand.
Muley (entreißt es ihr). Laß es los! Mit Recht in Wuth,
Reiß' ich den aus deiner Hand,
Der mich deiner Lieb' entrissen. (Ab rechts hinten.)
Phönix (schmerzlich für sich). Was ich dunkel vorempfand,
Klar schon will es sich gestalten
Und zu finst'rem Loos entfalten. (Ab links hinten.)

Verwandlung.

Seeküste bei Tanger. Morgensonne. Es wird eine Zinke geblasen;
man hört das Geräusch landender Truppen

Fünfter Auftritt.

Dom Fernando. Dom Henrique. Dom João Coutinho mit portu=
giesischen Hauptleuten und Kriegern steigen, von links hinten kommend,
ans Land.

Fernando. Der Erste bin ich, der den Ufersand
Des heißen Afrika hier muß betreten,
Auf daß an meiner Tritte Spur das Land
Die wuchtig starke Macht der unerflehten
Bezähmer spüren mag.

Henrique (sich umschauend). Ist's wohl zu fassen!
Feld und Gebirge stehen rings verlassen
Von den Alarben, die in Fieberschauern
Zurück sich zogen, da sie uns gesehen.
Coutinho. Tanger verschließt die Thore seiner Mauern.
Fernando. Dahinter denkt der Feind zu widerstehen.
Dom João Coutinho, Graf Miralva, eilet
Und lasset eurer Sorgfalt nichts entgehen,
Die Gegend zu erforschen, eh' sich theilet,
Der Morgennebel, und die Sonne weilet
Ob unsern Häuptern, uns durch Glut zu schrecken
Und Tanger uns're Ankunft zu entdecken.
Sagt nur der Stadt, daß sie sich Schaden thut
Durch Gegenwehr, weil ich sie muß in Blut
Ersäufen und in Brand die Häuser stecken.
Coutinho. Ich eil' ans Thor und steh' in Gottes Hut,
Ob ihre Mauern Blitz' und Flammen speien,
Bis dunkle Wolken um die Sonne hangen!
(Ab rechts hinten mit einem andern Kriegshauptmann, einem Trom=
peter und zwei Soldaten, welche weiße Flaggen tragen.)

Sechster Auftritt.

Vorige, ohne Coutinho.

Henrique (zu Fernando leise).
Gesteh' ich's nur, nicht kann ich mich befreien
Von Sorge. Seit wir an das Land gegangen,
Empfind' ich, Bruder, ein geheimes Bangen.
Ich wähne wider mich das Loos gefallen,
Und Todesstimmen mir entgegenhallen.
Kaum daß den Feldzug nach dem Maurenstrande
Zur Ausführung wir Zwei geförbert hatten,
Als sich die Sonn' im Wolkenflorgewande
Wie in ein Leichentuch verkroch, uns tiefe Schatten
Ihr gold'nes Antlitz bargen, und mit Brausen
Die See im Schaum uns wollte schier bestatten.
Schau' ich auf's Meer, dort scheint die Nacht zu hausen, —
Zum Himmel auf, so dünkt mich blutbefleckt
Sein Azur=Schleier, — in die Luft, mit Grausen
Nur Nachtgevögel drin mein Aug' entdecket, —

Zur Erde hin, so seh' ich Grüfte gähnen,
Und es erfaßt mich bleicher Todesschrecken.

   Fernando (die Hand ihm auf die Schulter legend).
Ich sage dir, laß ab von deinem Wähnen!
Die Liebe wird die Vision dir deuten.
Daß einer unterging von unsern Kähnen,
Beweist: was sollten wir mit soviel Leuten,
Da wen'ger, was wir wollen, schon vollbringen!
Wenn purpurn schien der Himmel, so erfreuten
Wir uns an einem Schmuck vor allen Dingen;
Und sah'n wir Vögel fliegen mit dem Winde,
Es trugen sie hierher die eig'nen Schwingen
Da sie nun hier sind, wird es klar dem Kinde,
Wie sie dem Land, darin sie nächtlich nisten,
Weissagen, daß ein blut'ges End' es finde.
Mit solchen schnöden Zeichen, bösen Listen,
Doch schreckt man Mauren nur, die daran glauben,
Nicht aber kümmern sich darum die Christen.
Wir Beide sind's; kein in die Höhe Schrauben
Der Ruhmbegierde hieß uns, uns bewehren,
Um durch siegreiche Waffen etwa Tauben
Zu predigen, daß Lorbeern wir begehren.
Nein, nur den Glauben wollen wir verbreiten!
Der Ruhm sei Gottes, sein allein die Ehren,
Ob wir das Leben, ob den Tod erstreiten!
Will Gott es nicht, daß wir den Sieg erlangen,
So müssen in Geduld wir uns bereiten,
Daß wir die stets verdiente Straf' empfangen.
So sind wir Christen ohne Furcht und Reue,
Im Tod besiegelnd uns're Christustreue. —
Doch was ist dies? Coutinho kommt in Eile,
Der kaum uns hier verließ vor einer Weile!

Siebenter Auftritt.

Vorige. Coutinho tritt auf von rechts hinten.

   Coutinho. Tangers Mauern, deinem Worte
Folgend, schreit' ich eben zu,
Als ich an der Berge Pforte
Reiter sehe, die im Nu

Sich von dort hierherwärts wagen
Werden auf das off'ne Feld.
So im Fluge geht ihr Jagen,
Daß man sie für Vögel hält,
Schwebend und vom Sturm getragen.

Fernando. Ziehen wir dem Feind entgegen! —
(Zu Coutinho.) Führ' in Reihen erst heran
Unsre Bogenschützen, dann
Auf den unsichtbaren Wegen
Soll'n die Reiter ohne Weilen
An die Flanken sich vertheilen
Und umfassen rasch den Feind. —
Auf, Henrique! Wir vereint
Werden dieses Treffen lenken,
Und den Sieg wird Gott uns schenken!
Sei getrost und hoff' auf ihn!

Henrique (ihm die Hand reichend).
Bruder, nie so hehr erschien
Mir dein Muth und deine Größe!
Nimmer geb' ich eine Blöße
Mir vor deinem Heldensinn,
Nimmer soll, so lang ich bin,
Mich des Todes Anblick schrecken.

Fernando (zu den Kriegern).
Brauch' ich noch den Muth zu wecken,
Krieger, euch, so hochgesinnt?
Heldenblut, das in euch rinnt,
Wieder werd' ich's heut' entdecken!
Kann man euch auch niederstrecken,
Weiß ich dennoch, wer gewinnt:
's ist der Glaube stets allein!
Laßt uns Christi Streiter sein!
(Alle ab nach rechts hinten unter Trompetenfanfaren und
Trommelwirbel.)

Zweiter Aufzug.

***

Schlachtfeld bei Tanger.

Erster Auftritt.

Dom Fernando mit **Muley's** Säbel und **Muley** blos mit seinem
Schilde, treten auf von links, zweiter Gang.

Fernando. Auf dem öden Schlachtgefilde,
Wo der Tod, der wüthend wilde,
Eine Ernte sonder Gleichen
Hat gehalten, und der Leichen
Hochgethürmte Haufen künden,
Wie im Sterben sich verbünden
Menschen, welche schied das Leben, —
Fand ich, Maure, dich allein,
Tiefem Brüten hingegeben.
Ueberwundener zu sein
Von dem Kriegsglück auserwählet,
Denk', am Besten trägt sich Schmerz,
Mitgetheilt und frei erzählet,
Freund zu Freund und Herz zu Herz.
Nenne mir den Grund der Trauer,
Die an deinem Marke rüttelt,
Denn ich ahne, daß dich rauher
Noch das Schicksal drängt und schüttelt,
Als dadurch, daß dir entgangen
Ist der Sieg, und du gefangen.

Muley. Ritter, den ich schon verehrte,
Da du siegtest mit dem Schwerte,
Heldenkühner, war mein Leben
Schon in deine Hand gegeben,
So ist, wie ich nicht verhehle,
Dein auch jetzo meine Seele. —
Fragest du mich nach dem Grund
Meines Kummers, thu' ich kund,
Daß ich Muley Scheik genannt
Und in Fez bin wohlbekannt

Als von edelstem Geschlecht,
Welches mir verleiht das Recht
Eines Königsneffen gar. —
Als die Mutter mich gebar,
Schlug bei Gelves man die Schlacht,
Die dem Portugiesenheere
Jähen Untergang gebracht.
Wahr so ward an mir die Lehre,
Wie so nahe Grab bei Wiege,
Lebens Schluß beim Anfang liege.
Noch ein Kind, zum Oheim kam ich,
Welcher mich erziehen ließ;
Früh schon seine Dienste nahm ich,
Da er Aemter mir verhieß. —
Eine wunderbare Schöne,
Wohnt' unter demselben Dach,
Daß ich zeitig mich gewöhne
An den holden Zauber ach!
Der im Banne hält die Herzen
Süßer Lust und herber Schmerzen.
Doch als Blitz nicht traf die Liebe
Uns're jugendlichen Seelen;
Daß sie desto fester bliebe,
Wußte sie sich einzustehlen
Langsam, leis und unabwendlich
Durch ein Stetsbeisammensein.
Wie des Wassers Tropfen endlich
Höhlen auch den harten Stein
Blos durch das Beharr'n allein
Ewigen Heruntersturzes,
So auch ward die Jungfrau mein.
Doch mein Glück war nur ein kurzes! —
Einen Frühling nur durchleben
Durft' ich voller Liebesglück,
Mußte dann mich wegbegeben.
Als ich wieder kam zurück,
Traf ich, wo mein Platz gewesen,
Einen andern Freier an!
Ich verdrängt, und er erlesen,

Er in Gunst, und ich im Bann,
Wird mit räuberischen Händen
Er mein Alles mir entwenden! —
Sag', ob ich mit Recht mich quäle.
    Fernando. Tapf're, ritterliche Seele,
Wenn du liebst, wie du es sagst,
So vergötterst, wie du's kündest,
Also leidest, wie du klagst,
Liebe sicher du entzündest,
Wo du so von Herzen liebst!
Da du lange fern ihr bliebst,
Kehre schnell zurück und sag' ihr:
Ich, ein Christenritter, wag' ihr
Ihren Sklaven heimzusenden
Ohne Lösegeld und frei,
Bittend nur, ihm zuzuwenden
Wieder ihre Lieb' und Treu'. — (Nach links blickend.)
Scheint es doch, als ob dein Roß,
Das erliegend fiel zur Erde,
Weil es Ruhe nun genoß,
Wieder frisch und kräftig werde.
Da bekannt die Liebe mir,
Wie auch der Entfernten Sehnen,
Halt' ich dich nicht länger hier;
Kehre heim zu deiner Schönen.
    Muley (tiefbewegt). Ritter, nichts erwib'r' ich dir, —
Denn dem freien Geber kann
Nur man schmeicheln durch Empfangen.
Sprich, wer bist du, edler Mann?
    Fernando. Blos ein Ritter; nicht verlangen
Sollst du mehr zu wissen.
    Muley. Gut!
Wer du seist, mit Gut und Blut
Bleib' ich dankbar dir verbunden!
    Fernando. Steig' auf's Pferd, — es flieh'n die Stunden
    Muley. Du befiehlst es, und ich eile.
Segen werde dir zutheile.
    Fernando (ihm den Säbel reichend).
Nimm zurück auch deine Waffe.

Muley. So noch wird mein Dank vermehrt.
(Ab links hinten.)

Fernando. Wenn ich Glück und Leben schaffe,
Scheint mir erst das Leben werth.

Muley (hinter der Scene links). Portugiese!

Fernando (für sich). Noch vom Pferd
Spricht er! — (Laut.) Was begehrst du noch?

Muley (wie vorher). Alles Gute zu vergelten
Wünsch' ich künftig, glaub' es doch!

Fernando (nach links rufend).
Ja, das thu' ich. (Für sich.) Die so selten,
Hier ist wahre Dankbarkeit!

Muley (wie zuvor). Allah mit dir jederzeit!

Fernando (rufend). Gott, der Herrscher aller Welten,
Ist's, der seinen Schutz dir leiht! —
(Für sich.) Wie viel Glück an einem Tage
Hat der Himmel mir gesandt!
Kaum daß meinen Feind ich schlage,
Reicht er mir die Freundeshand!
Sind dies Zeichen, daß ich weiter
Steig' auf meines Glückes Leiter? —
(Von rechts erst fernes, dann lauteres Trompetengeschmetter; von
links ebenso Trommelwirbel hinter der Scene.)
Doch was ist das? Trompetenruf erklingt
Und nah und näher in das Ohr mir bringt.
Und horch nur! Dort auch von der andern Seite
Erschallen Trommeln, die Musik zum Streite!

Zweiter Auftritt.

Fernando. Henrique tritt auf von rechts.

Henrique. Ah Bruder! Sieh', wie durch den Sand ich keuchte,
Bevor ich endlich hier dich doch erreichte!

Fernando. Henrique, was geschah denn?

Henrique. Neu entbrannte
Der Kampf und schrecklicher! Denn Tarudante,
Herr von Marocco, einte sich mit Fez,
Um uns zu ziehen ein gefährlich Netz.
Schon rückt dies Doppelheer von allen Seiten
Auf uns heran. Wie sollen wir nun streiten?

Wenn gegen Einen wir den Angriff kehren,
Nicht können wir des Andern uns erwehren!
Wohin sich unser sorgend Antlitz wendet,
Steh'n wir in Blitzen, die der Kriegsgott sendet!
Was thun, wo sich so viele Feinde melden?!

 Fernando. Was wär' zu thun, als sterben so wie Helden,
Wie unerschrock'ne, ritterliche Geister!
Sind wir Infanten nicht, nicht Ordensmeister?!
Nicht Portugiesen?! Furcht zu bannen, sei
„Avis und Christus" unser Feldgeschrei.
Laßt allerorten laut es wiederhallen,
Und, sollte Gott uns sterben lassen wollen,
Uns für den Glauben, der uns herzog, fallen!

Dritter Auftritt.

Vorige. Coutinho tritt auf von rechts.

 Coutinho. Wir hätten jetzt hier nimmer landen sollen!

 Fernando. Nun ist nicht Zeit zu mäkeln und zu kritteln!
Hier können Schwerter einzig nur vermitteln,
Da in die Mitte beide Heer' uns raffen.
(Er zieht das Schwert.)
Wohlan! Uns helfe Christus!

 Coutinho (gleichfalls ziehend). Zu den Waffen!
(Fernando und Henrique rechts, Coutinho links ab. Schlachtgetöse
von fern.)

Vierter Auftritt.

 Brito (kommt von links vorn, nachdem Alle ab sind).
Da haben wir's! In beider Heere Mitten
Sind wir gefangen, und da hilft kein Bitten.
Fürwahr, das sind recht hundsgemeine Worte!
Und doch das Rechte haben sie getroffen.
O ließe doch das Schloß der Himmelspforte
Nur ein ganz winzig kleines Löchlein offen,
Wo vor Gefahren Sicherheit zu hoffen
Für Einen, der wie ich hierhergesetzt
Und weiß nicht wie, warum! Doch stell' ich jetzt
Mich todt, — schon Viele gab's, die so sich stellten! —
Mag das mir für den Tod in Zukunft gelten!
(Er wirft sich auf der Mitte der Bühne an die Erde.)

Fünfter Auftritt.

Brito. Ein Maure kommt von rechts hinten im Gefecht mit Henrique.

Erster Maure. Wer setzt sich so gewaltig hier zur Wehre?!
Was fichst du, Christ, noch weiter um dein Leben?!
Es ist umsonst, du mußt dich mir ergeben.

Henrique. Nie sei von mir Pardon bei dir erbeten!
Komm' an! Komm' an! Versuch' es mich zu tödten!
(Er stößt an Brito.)

Brito. Potz Element, der weiß nicht schlecht zu treten!
(Sie treten über ihn weg und gehen ab nach links hinten.)

Sechster Auftritt.

Muley und Dom João Coutinho kommen im Gefecht von links vorn.

Muley. Sieh', wie du weichst, beherzter Portugiese!
Und wärest du an Tapferkeit ein Riese,
Mein Muth besteht sie! Dennoch gönnt' ich heute
Den Sieg euch gern.

Coutinho. Bin ich des Todes Beute?!
Von Muth und Stärke heute ganz entblößt?!
Ich taumle so, als wär' ich schier erblindet; (stößt an Brito)
Mein Fuß an nichts als Christenleichen stößt.

Brito. Tritt sanfter doch! Ein Todter hier sich windet.
(Sie treten über ihn weg und ab nach rechts vorn.)

Siebenter Auftritt.

Fernando kommt, indem er sich vor dem König und andern Mauren
zurückzieht, von rechts hinten.

König. Gib, stolzer Portugiese, deinen Degen!
Gefang'ner sei! Ich will als Freund dich hegen,
Nur lebe du, mir, wer du bist, zu sagen.

Fernando. Ein Ritter bin ich; weiter mich zu fragen
Enthalte dich und gib mir schnellen Tod.

Achter Auftritt.

Vorige. Coutinho kommt von rechts, zweiter Gang und stellt sich neben
Fernando.

Coutinho. Erst soll hier diese Brust in deiner Noth
Als diamant'ne Mauer, Herr, dir nützen,
Dein uns so kostbar Leben zu beschützen!

Fernando, Held, mir über Alles theuer!
Auf, zeige jetzt das dir vererbte Feuer!
    König (freudig bewegt).
Du Dom Fernando?! Weshalb zögr' ich noch,
Da ich dies höre?! — Haltet! heisch' ich doch
Nicht höhern Preis vom mörderischen Kriege;
Du schon allein genügst zu meinem Siege.
Und weil vom unabwendbaren Verhängniß
Dein Tod beschlossen oder dein Gefängniß,
So gib, Fernando, deinen Degen mir,
Dem Könige von Fez.

Neunter Auftritt.

Vorige. Muley kommt von rechts vorn; gleich darauf Henrique.

    Muley (erschrocken, für sich). Was seh' ich hier!
    Fernando. Es sei! Ich will ihn einem König geben!
Verzweiflung wär' es, länger widerstreben.
        (Henrique kommt von links vorn.)
    Henrique. O Gott, mein Bruder! Du, du hier gefangen?!
    Fernando. Henrique, klage nicht und laß dein Bangen!
Gibt's einen Zufall in dem Gottesreiche,
So sind dies dessen widerwärt'ge Streiche.
    König. Infanten Beide, seht, ich steh' am Ziele!
Ihr seid in meiner Macht. — Wie leicht mir's fiele,
Den mir geword'nen Vortheil auszubeuten
Durch euren Tod, so soll das nicht bedeuten,
Daß ich versagen will, euch heut zu schützen;
Denn euer Blut kann nicht soviel mir nützen
Zu Weltenruhmes wohlverdienten Ehren,
Als euer Leben dient, sie mir zu mehren.
(Zu Henrique.) Um Lösegeld zu holen für euch Helden
Und, was geschah, in Portugal zu melden,
Kehr' du dahin zurück; als Geißel hier
In Fez bleibt Dom Fernando, bis du mir
Hierhergebracht, was zwischen uns vertragen.
Drum eile, deinem König gleich zu sagen,
Daß er dich ganz vergeblich wieder sende,
Wenn er nicht Ceuta gibt in meine Hände. —
        (Zu Fernando.)

Nun bitt' ich Eure Hoheit, weil ich trachte,
Den hoch zu ehren, welcher Ruhm mir brachte,
Nach meiner Hauptstadt Fez mich zu begleiten.

Fernando (mit gen Himmel gerichtetem Blicke).
Mich soll der Lichtstrahl meines Glaubens leiten.

Muley (bei Seite).
O wehe mir! Es bietet schlimm're Frucht
Die Freundschaft mir, wie selbst die Eifersucht.

Fernando (der Henrique die Hand reicht).
Glaub' mir, Henrique, ob ich gleich gefangen,
Noch kann ich nicht vor meinem Schicksal bangen.
Drum eile fort und unserm Bruder sage,
Daß er, wie ich, sich als ein Christ betrage
Bei meinem Unglück, welches Gott gewollt.

Henrique. Ist Duarte's Herz nicht gut und ächt, wie Gold?!

Fernando. Laß meine Sache dir empfohlen sein,
Und er, der König, handle, wie er muß!

Henrique. So wahr wir Brüder sind, ich kenn' allein
Die eine Sorge nur!

Fernando (umarmt ihn). Nimm diesen Kuß!

Henrique. Obwol Gefang'ner, legst du mich in Schlingen!

Fernando. Bald wirst du mir die Freiheit wieder bringen!
(Zu Coutinho.) Dom João, leb' wohl!

Coutinho (zu Fernando). Laß mich mit dir vereint!
O schicke mich nicht fort!

Fernando (gibt ihm die Hand). Du treuer Freund!

Henrique. Gott schenke dir nach Leid beglückte Tage!

Fernando. Sage dem König, — nein nichts weiter sage!
Die Freiheit will ich schweigend hier ersehnen; —
Dem König, meinem Bruder, diese Thränen!
(Der König tritt zwischen Beide; dann Alle nach links vorn ab, bis
auf Henrique, der nach rechts hinten abgeht.)

Zehnter Auftritt.

Zwei Mauren kommen von links, dritter Gang, und sehen Brito als
todt da liegen.)

Erster Maure. Ein Christenleichnam ist's, den ich hier
sehe!

Zweiter Maure. Komm', werfen wir, daß keine Pest entstehe,

Nur ohne Säumen in das Meer den Todten . . .
    Brito (aufspringend). Wenn ich euch erst die Köpfe wohl
zerschroten!
Mit Hieben und mit Stichen euch bewiesen:
Auch noch gestorben sind wir Portugiesen! —
(Er verfolgt sie mit Degenstichen, bis sie links ab sind; dann kehrt
er zurück.)
Die sind besorgt! — (In's Publikum.) Ihr hieltet mich für
feige? —
Zum Prinzen fort, daß ich mein Herz ihm zeige!
Ist er gefangen, bleib' ich mitgefangen,
Und würd' ich selbst am Ende mitgehangen.
Der Goldprinz soll als Diener mich benutzen;
Der Todte lebt, die Stiefel ihm zu putzen!
(Er läuft nach links vorn ab.)

Dritter Aufzug.

Erster Auftritt.

Phönix. Dann Muley.

    Phönix (tritt auf von rechts, im Jagdanzug mit Speer, — sehr
erregt). Zara! Rosa! Zelima!
Gibt mir Niemand Antwort?!
    Muley (kommt von links). Ja! (Phönix stutzt.)
Du bist Sonne mir, und ich
Bin dein Schatten, bin dir nah'.
Deine süße Stimme trug
Echo in mein Ohr; genug,
Ob ich, Phönix, dich auch fliehe,
Dennoch, weil das Herz mir schlug,
Hab' ich, Holde, sonder Mühe,
Im Gebirge dich erreicht. —
Sprich! Dich scheinet Angst zu quälen.
    Phönix. Höre denn, ob ich vielleicht

Was geschah, dir kann erzählen. —
Dort an eine frische Quelle,
Deren schmeichlerische Welle
Wie Krystall und Silber klar
Und voll süßen Wohllauts war,
Kam ich sehr ermattet eben,
Da ich lange mit Behagen
Sucht' ein Wild mir zu erjagen.
An der Stelle, bergumgeben,
Ruhe fühlt' ich mich umschweben.
Kaum bemerk' ich, daß der Sinne
Kraft zu schwinden mir beginne,
Und daß ich mit Schlummer tauschen
Will das Wachen, als ein Rauschen
Durch die dichten Blätter weht.
Horchend fahr' ich auf, — da steht
Eine African'sche Alte,
Im Gesichte Falt' an Falte,
Ein Gespenst nach Menschenart,
Das vom Menschen nichts bewahrt,
Als das, was ihn mißgestalte, —
Ein lebendiges Gerippe,
Stammend aus der Schatten Sippe.
Rohheit, Ungeschliffenheit,
Kurz die baare Scheußlichkeit
Künden Auge, Kinn und Lippe,
Und ein Bildwerk schien der Rumpf,
Wie geschnitzt aus Baumesstumpf
Mit unabgezog'ner Rinde.
Als ob Weh' ihr Angebinde,
Schwermuth, Schmerz und Trauer dumpf
Sie in ihrer Brust empfinde,
Faßte sie mir eine Hand,
Und ich fühlte, wo ich stand,
Wie ein Stamm an seinen Knollen,
Mich durch Wurzeln festgebannt.
Eis in meinen Adern rollen
Spürt' ich, als dem Schauerlaut
Ihrer Stimme, giftbethaut,

Dunkle Worte nun entquollen.
Ich verstand nur das allein:
„Trage, Mädchen, deine Pein!
Denn bald wirst du hier auf Erden
Preis für einen Todten werden.“ —
Dies ihr Spruch. Ein traurig Leben,
Welches besser hieß' ein Sterben,
Führ' ich jetzt, denn dem Verderben
Bin ich sicher preisgegeben,
Und, wie das Orakel eben
Kundthat, steh' ich vor den Scherben
Meines Glückes, und der Schluß
Meines Daseins ist geboten.
Weh' mir, daß ich werden muß,
Wie die Schreckensworte drohten,
Schnöder Preis für einen Todten!
(Ab nach rechts hinten.)

Zweiter Auftritt.

Mulen (allein). Leicht entziffr' ich diesen Traum,
Denn, gewiß, ich irre kaum,
Abbildung nur kann er sein
Meiner eig'nen selt'nen Pein.
Tarubante soll dich frei'n,
Du ihm Gattin sein; doch dich
So zu denken, tödtet mich.
Drum, des Unheils Macht zu stören,
Ihm nicht sollst du angehören,
Sterbe nicht zuvor erst ich.
Kann ich dich verlieren zwar,
Aber, wenn ich dich verloren,
Nicht mehr leben, wird es klar
Selbst den Bösen und den Thoren:
Bin zu sterben ich erkoren,
Biet' ich dir mein Leben dar,
Wie mir's Eifersucht geboten, —
Wirst du Preis für einen Todten.
(Er setzt sich rechts vorn und stützt sein Haupt in die Hand.)

Dritter Auftritt.

Der Vorige. Fernando mit Jagdspieß kommt von links hinten. Drei Christensklaven in Ketten mit zwei maurischen Wärtern von rechts hinten.

Erster Christensklave. Da wir vorher aus dem Garten
Den wir täglich sorgsam warten,
Auf die Jagd dich gehen sahen,
Wollten wir uns einmal nahen
Deiner Hoheit und dich grüßen.
Zweiter Christensklave (kniet mit den andern nieder).
Sieh' uns hier zu deinen Füßen!
Keinen Trost als diesen nur
Unser Unglück hier erfuhr.
Dritter Christensklave. Zeigt doch Gott, es zu versüßen,
Jetzt in dir uns sein Erbarmen!
Fernando (sie aufrichtend).
Freunde, kommt, mich zu umarmen!
Gott ist Zeug', aus euren Ketten
Gerne möcht' ich euch erretten!
Freiheit sollten sie fürwahr
Eher euch als mir wol schenken;
Fehlt sie euch, so müßt ihr denken:
Gottes Gnad' ist offenbar
Auch im Sklaven, der gebunden.
Lindern wird Er euer Loos,
Denn das Weh', sei's noch so groß,
Wird durch Weisheit überwunden.
Zwar nur guten Rath ertheilen
Und die Wunden nicht zu heilen,
Weisheit ist das wahrlich nicht.
Aber wie auch süß die Pflicht
Mir erscheint, euch zu bedenken,
Heute hab' ich nichts zu schenken,
Und ihr müsset mir verzeih'n.
(Leiser.) Meine Freunde, bald erhoffen
Darf ich), Beistand wird mir leih'n
Portugal; wenn eingetroffen,
Soll mein Gut das eure sein, —
Meine Hand steht Allen offen!

Ist Erlösung mir erschienen,
Bin ich frei, dann seid auch ihr
Mitbefreit und kommt mit mir! —
Geht mit Gott zur Arbeit! Dienen
Müßt ihr ruhig, bis ihr frei,
Daß die Wärter euch nicht schelten.

Erster Christensklave. Herr, dein Leben Segen sei
Uns in unf'rer Sklaverei!

Zweiter Christensklave. Möge, Herr, dir zu vergelten,
Dich ein Alter, also selten
Wie des Phönix, hoch beglücken! —

(Sie gehen links ab mit den Wärtern.)

Vierter Auftritt.

Fernando. Muley.

Fernando (ihnen nachblickend). Meine Seele will's zerstücken,
Daß ich euch entlassen muß
Und nicht fühle den Genuß,
Euch zu helfen. Wenn mir blos
Etwas, euch zu geben, bliebe!

Muley (der schon längere Zeit aufmerksam geworden, erhebt sich).
Prinz, mich rührt fürwahr die Liebe,
Die Ihr bei dem harten Loos
Dieser Sklaven offenbart.

Fernando. Dieses Mitleid muß ich hegen!
Kommt mir so viel Noth entgegen,
Mit Gefangenschaft gepaart,
Lern' ich an des Unglücks Söhnen
Selbst an's Unglück mich gewöhnen
Und bedenken, daß ein Tag,
Sie um Beistand anzuflehen,
Wol mir noch erscheinen mag.

Muley. Prinz, wie soll ich das verstehen?

Fernando. Ich, geboren als Infant,
Wurde Sklave, kann noch immer
Fürchten, daß nach diesem Stand
Einer komme, welcher schlimmer;
Denn vom Prinzen ist's, ich dächte,
Weiter zum Gefang'nen hin,

Der ich schon geworden bin,
Als von diesem hin zum Knechte.
Tage folgen schnell auf Tage
Und verketten, wie es geh',
Leid auf Leid und Plag' auf Plage; —
Seh' nur Jeder, wie er's trage!

    Muley. Mich verzehrt wol größ'res Weh'.
Morgen steht vielleicht Euch offen,
Seid Ihr heut' auch hier gebannt,
Heimkehr in das Vaterland, —
Aber eitel ist mein Hoffen;
Denn ich weiß, daß nimmermehr
Ich ein bess'res Glück erfahr', —
Glück und Mond sind wandelbar!

    Fernando. Lebt am Hof ich auch bisher,
Dennoch sah ich, sprach ich sie,
Der du Liebe weihest, nie.

    Muley. O, ich sorgte, daß mein Lieben
Tief verborgen ist geblieben! —
Schwor ich auch, sie nie zu nennen,
Heißt mich doch nun Freundschaft sprechen.
Ohne meinen Schwur zu brechen,
Will ich, wer sie ist, bekennen.
Hörend, sehend, redend, schweigend,
Phönix ist mein einzig Streben!
Fürchtend und zur Hoffnung neigend,
Phönix meine Qual, mein Leben!
Ueberschleicht mich Zweifels Grauen,
Phönix, Phönix mein Vertrauen!
Hat mich Güt' und Gunst getroffen,
Phönix auch mein süßes Hoffen!
Phönix also ist mein Sorgen,
Wie mein Lieben auch genannt; —
Dir hat sie der Freund bekannt,
Und der Liebende verborgen. (Ab nach rechts.)

Fünfter Auftritt.

    Fernando (allein, ihm nachschauend).
Auf die Frage, wen du liebst,

Klug und fein du Antwort gibst,
Zeigst, wie zartgesinnt du bist.
Wenn dein Leiden Phönix ist,
Den selbst Feuer nicht verzehrt,
Sei'st als Dulder von uns Beiden
Du zu allermeist geehrt.
Mein's ist ein gemeines Leiden;
Viele haben es ertragen,
Viele werden's nicht vermeiden.

Sechster Auftritt.

Der Vorige. Der König nebst Gefolge, worunter Selim, tritt auf
mit Jagdspieß; — Muley folgt ihm von rechts hinten.

König. Deine Hoheit wollt' ich fragen,
Ob es ihr vielleicht gefällt,
Ehe mächt'ge Schatten ragen
Wieder über diese Welt,
Einen Tiger zu erjagen,
Den die Jäger just gestellt?
Fernando. Stündlich sinnst du, Herr, darauf
Mir Ergötzen zu gewähren.
Nimmst du so die Sklaven auf,
Lehrest du sie fast entbehren
Ihrer Freiheit, ihres Landes.
König. Kriegsgefang'ne deines Standes
Sind nicht hoch genug zu ehren.

Siebenter Auftritt.

Vorige. Dom João Coutinho tritt auf von links.

Coutinho (nachdem er sich vor dem König verbeugt hat, zu Fer-
nando). Prinz, so eben fuhr vom Meere
In den Hafen schöngeschmückt
Eine christliche Galeere.
Deutlich hab' ich dran erblickt,
Daß mit Trauerflor behangen
War das Wappen Portugals;
Dies kann nichts bedeuten, als
Daß für dich, der hier gefangen,
Nun Erlösung sei in Sicht.

Fernando. Nein, mein Freund, so ist es nicht.
Kämen sie, um mich zu lösen,
Hätten sie, statt dieser bösen
Zeichen, frohere gewählt.
Muley (für sich). Wie sein Ahnen tief mich quält!

Achter Auftritt.

Vorige. Dom Henrique in Trauer, mit einem offenen Document in
der Hand, und portugiesisches Gefolge von links.

Henrique (zum König). Ehrerbietig nah' ich dir!
König (zu Henrique). Eure Hoheit sei willkommen.
Henrique (zu Fernando). Bruder, ach, wie so beklommen
Ist das Herz im Busen mir!
Fernando. Wol, ich fühl's, du bringst mir Tod!
König (leise zu Muley).
Muley, sieh', das bringt mir Größe!
Henrique (zum König). Duldet, daß den Zwang ich löse,
Den die Gegenwart gebot
Eines Herrschers, so wie Ihr;
Meinen Bruder zu umarmen,
Gönnt, erhab'ner König, mir!
(Der König nickt ihm sein Einverständniß zu.)
— Ah Fernando! (Sie umarmen sich.)
Fernando. An das Herz,
Mein Henrique, laß dich pressen;
Dies schon lindert manchen Schmerz,
Läßt die Kunde schier vergessen,
Die in deinem Aug' ich las,
Eh' du Worte noch gefunden.
Weine nicht! Sei auch verschwunden
Meiner Hoffnung kleinstes Maaß.
Gott, gelassen will ich tragen,
Was du Trübes mir erzeigst,
Ist nur Freudiges zu sagen
Von dem König . . . Wie! Du schweigst?
Henrique. Weil man wiederholte Leiden
Doppelt fühlt, und ich vermeiden
Will, daß mehrmal ich dein Herz
Müsse peinigen mit Schmerz,

Hör' mit Eins, was ich dir bringe. —
Als die Flotte heimgekehrt,
König Duarte hier die Dinge,
Wie sie vorgefall'n, erfährt,
Wird sein edles Herz umschattet
Von so tiefer Traurigkeit,
Daß er, schwermuthsvoll ermattet,
In den Tod sinkt, so bereit
Lügen Die zu strafen, welche
Sagen, daß dem Wermuthskelche
Bittern Grames niemals sei
Tod entquollen.

    Fernando (im tiefsten Schmerze). Wär' ich frei,
Bruder, würdest du noch leben!
Dir hab' ich den Tod gegeben!

    König (zu Henrique). Wie erschütternd dein Bericht! —
Fahre fort!

    Henrique. Der König spricht
In dem Testament es aus,
Daß man Ceuta geb' heraus
Für die Lösung des Infanten.
Seht in mir den Abgesandten
Dom Affonso's — der den Thron
Portugals bestiegen schon —
Euch die Stadt zu übergeben . . .

    Fernando (ihm das Document aus der Hand reißend und auf-
flammend). Weiter nicht! Bei meinem Leben,
Schweig', Henrique! Solche Worte
Passen nicht an diesem Orte,
Nicht für einen Kron-Infanten
Portugals und Abgesandten
Seines königlichen Herrn.
Wünschte gleich mein Bruder gern,
Welcher, nun ein sel'ges Wesen,
Ruht in Christo, mich zu lösen,
Wollt' er sicherlich doch nicht,
Daß verletzt sei Christenpflicht.
Denn wie wär's, wie wär's zu denken,
Daß ein Christenkönig schenken

Sollt' an einen Maur'n die Stadt,
Um die er verströmet hat
Sein und vieler Andern Blut,
Die er selbst mit Heldenmuth
Einst zuerst dem Feind entwandt!
Eine Stadt, die Gott erkannt
Nach der Offenbarungslehre,
Wo zu Seiner ew'gen Ehre
Kirchen auf gen Himmel steigen,
Unsern Glauben zu bezeugen
Auf der afrikan'schen Erde, —
Wollt Ihr, daß sie maurisch werde,
Wieder Monde leuchten dürfen,
Wo der Menschen Augen schlürfen
Hehrer Sonne Himmelslicht?!
Nein, ich weiß, das wollt Ihr nicht!
Wär' es recht, daß man zu Ställen
Dort mißbrauchte die Kapellen,
Und zu Krippen die Altäre,
Und die Kirchen zu Moschee'n?!
Brüder, wenn das christlich wäre,
Zu den Mauren würd' ich geh'n,
Die nicht scheuen Tod und Ketten,
Gilt es, ihre Tempel retten! —
Aber nein, die Christenpflicht
Anders noch zum Herzen spricht.
Zwar in Krippen und in Ställen
Oft als Gast hat Gott gewohnt,
Da Er nicht nur in Kapellen,
Sondern allerorten thront; —
Aber, würden zu Moscheeen
Wieder Seine Kirchen hier,
Ließen wir es je geschehen,
Daß Ihm Seine Wohnung wir,
Allah sie zu geben, nähmen,
Müßten wir uns dann nicht schämen,
Wenn die Kinder dort der Christen,
Wieder maurisch beten müßten,
Und die ächte Himmelslehre,

Worin sie erzogen sind
Zu des ew'gen Gottes Ehre,
Wär' gepredigt in den Wind?! —
In elender Sklaverei
Wär' es billig, manch ein Leben
Dort zu tödten, auf daß frei
Eins sei, worauf nichts zu geben?! —
Wer denn bin ich? Wen'ger noch
Als ein Mensch; ich bin ein Sklave;
Wie, und man belegte doch
Ceuta mit so schwerer Strafe,
Es für mich zu opfern?! Nein,
Nie kann das mein Kaufpreis sein!
Sterben heißt, das Sein verlieren,
Ich verlor es in der Schlacht; —
Bin ich todt denn, gönnt den Ihren
Doch der sel'gen Gottesnacht,
Die mich ruft in ihre Schatten,
Statt für einen einz'gen Todten
So viel Leben zu bestatten.
Und zum Frommen der bedrohten
Veste sei die Vollmacht jetzt
Hier in Stücke ganz zersetzt,
Daß kein Buchstab mehr sich finde,
Der der Nachwelt schmachvoll künde,
Solches hätten wir gewollt! — —
(Er hat das Document zerrissen und die Fetzen in den Wind gestreut.
Dann zum König.)
So, ich that, wie ich gesollt;
Thue du nun nach Belieben,
Hoher König, auch mit mir!
(Zu Henrique.) Du, Henrique, nicht verschieben
Mögest Rückkehr du von hier,
Und in meiner Heimat sage:
Hier in afrikan'scher Glut
Portugals Infant ertrage,
Standhaft unter Gottes Hut,
Bis sie ihm das Leben rauben,
Jede Pein für seinen Glauben. — (Pause.)

König. Undankbarer, du bedachtest
Nicht, wie Herrlichkeit und Ehre
Meiner Herrschaft du verachtest!
Das, was ich zumeist begehre,
Willst du weigernd nicht mir gönnen?!
Hegt' ich dich bisher als Freund,
Wirst du jetzt erfahren können,
Wie ich halte meinen Feind.
Da du selbst dich Sklave nennst,
Sollst du ganz auch Sklave sein;
Daß du meine Macht erkenn'st,
Weih' ich dich der Knechtespein.

Henrique. Welch ein Unglück!

Muley (für sich). Welch ein Leid!

Henrique. Schrecklich Schicksal!

Coutinho. Ach, Ihr seid,
Prinz, dem Leben nun verloren!

Fernando (mit erhobenem Blick).
Ja, und dennoch neugeboren
Dünk' ich mich! — All dies, o König,
Fördert deine Rache wenig.
Nicht des Grolls, des Danks Gefühl
Heg' ich dir, da meinem Leben
Eine Richtung nun gegeben,
Die mich sicher führt an's Ziel.

König. Noch ist Ceuta dein zu nennen;
Aber mußt du mich als Herrn
Und als Sklaven dich erkennen,
Weshalb gibst du mir's nicht gern?

Fernando. Weil es Gottes ist, nicht mein.

König. Mir gehorsam sollst du sein!
Und somit befehl' ich dir,
Uebergib die Veste mir!

Fernando. Nur gehorchen soll der Knecht,
Wenn der Herr befiehlt, was recht;
Doch befiehlt der Herr dem Knechte,
Daß er Unrecht thue, dann
Nicht gehorchen ist das Rechte;
Also ordnet Gott es an.

König (wüthend). Sterben sollst du!

Fernando (gelassen). Tod ist Leben!

König (wie oben). Wohl, so sei dein Leben — Tod!

Fernando (wie oben). Dulden werd' ich gottergeben,
Was dein Wüthen auch mir droht!

König. Wohl, so wirst du niemals frei!

Fernando. Ceuta nie dir übergeben!

König. Selim!

Selim (tritt vor).

König. Dieser Sklave sei,
Meine Macht an ihm zu zeigen,
Allen Andern gleich gestellt
Und den Knechten zugesellt.
Legt ihn unverweilt in Ketten,
Nähret ihn und tränkt ihn schlecht,
Stäupt ihn, wenn er sich erfrecht,
Sich der Arbeit zu entziehen,
Und, gedächt' er gar zu fliehen,
Blendet ihn. Nun fort mit dir
In den Kerker!

Henrique (tritt zwischen Fernando und den König). O vergönne,
König, noch den Bruder mir!

König (macht eine abwehrende Bewegung, dann zu Fernando).
Ob dein Dulden mehr noch könne,
Als mein Wüthen, will ich seh'n.

Fernando. Ja, das sollst du! Treu besteh'n
Werd' ich, nie um Gnade fleh'n!
(Selim und zwei Mauren führen Fernando, welcher dem verzweifeln-
den Henrique noch einen Scheidegruß zuwinkt, nach links fort.)

Neunter Auftritt.

Vorige, ohne Fernando und Selim.

König. Wie, Henrique, wir verhießen,
Steht dir jetzt die Rückkehr frei.
Sage du den Portugiesen:
Meiner Pferde Wärter sei
Ihr Infant nun, bis sie kommen,
Ihn zu lösen. Mag's ihm frommen!

Henrique. Ja, das ist mein einzig Hoffen:

Wiederkommen und befrei'n
Den, von deiner Wuth getroffen,
Jetzt ich lassen muß allein.
Es geschehe, wie du sagst!
     König. Wohl, versuch's, was du vermagst!
(Ab mit Gefolge nach links hinten; Henrique mit den Seinigen
nach rechts.)

Zehnter Auftritt.

    Muley (allein). Jetzt, jetzt sollst du, Dankbarkeit,
In dem hellsten Lichte strahlen!
Ihm, der mich vom Tod befreit,
Meine Schuld will ich ihm zahlen!   (Ab nach links.)

Vierter Aufzug.

Ein von einer Mauer umgebener Garten mit vielen
Rosen- und Jasminsträuchern.
Vorn rechts eine Bank und Gebüsch. (Tag.)

Erster Auftritt.

Auf der Scene sind Selim und Fernando, letzterer sehr verändert,
einen Spaten in der Hand, in Sklavenkleidern und mit Ketten.

    Selim. Dich heißet nun in diesem Rosengarten
Des Königs Wille hier der Blumen warten;
Sei fleißig denn, gehorsam und bescheiden. (Selim ab rechts.)
    Fernando. Beständig, wie er wüthet, will ich leiden.

Zweiter Auftritt.

    Fernando. Es kommen drei Christensklaven von links hinten, welche
sich anschicken, im Garten zu graben.

    Erster Christensklave (singt vor sich hin).
Seinem Bruder, Dom Fernando,
Wider den Tyrann von Fez
Gab der König das Commando;
Jener aber fiel in's Netz.
    Fernando (seufzt). O, daß mir Armen doch zu allen Stunden

Mein Unglück neu der Zufall muß bekunden!
Gebrochen bin ich völlig und zertrümmert.
    Zweiter Christensklave (zu Fernando).
Was ist es, Kamerad, das Euch bekümmert?
Seid doch getrost! Ein Thor, der jetzt noch klagt!
Hat uns der Ordensmeister nicht gesagt,
Daß sicher bald der Knechtschaft schwere Bürde
Uns Christen allen abgenommen würde,
Und wir die Freiheit sollten wiederfinden?
    Fernando. In kurzer Zeit wird euch der Trost entschwinden!
    Zweiter Christensklave (zu Fernando).
Laßt Euch doch durch die Noth nicht so beengen
Und steht mir bei, die Blumen zu besprengen.
Die Eimer nehmt und Wasser geht zu holen
Dort aus dem Teich.
    Fernando. Ich will's, wie mir befohlen.
            (Ab mit zwei Eimern nach links hinten.)
    Dritter Christensklave (nach rechts sehend).
Seht nur, es scheint, noch mehr Gefang'ne brachten
Sie in das Haus!

Dritter Auftritt.

Vorige. Coutinho mit zwei andern Christensklaven tritt auf von
rechts hinten.

    Coutinho. Laßt uns genau beachten,
Ob dies hier nicht die Blumengärten waren,
Wohin er kam, ob diese (auf die Christensklaven zeigend)
            nichts erfahren. (Zum zweiten Sklaven.)
Sprich, guter Freund, sahst du nicht diesen Garten
Den Ordensmeister Dom Fernando warten?
    Zweiter Christensklave (achselzuckend).
Den hab' ich lange schon nicht mehr gesehen.
    Coutinho (Fernando gewahrend).
O Leid, o Thränen, wie Euch widerstehen!

Vierter Auftritt.

Vorige. Fernando kommt zurück mit zwei Wassereimern von links.

    Coutinho. Wie jammervoll, daß ich Euch muß erblicken
In solchem tiefen Elend! Ach, ersticken

Will mir das Wort im Mund vor Gram und Schmerzen!
(Die Sklaven werden aufmerksam.)
Fernando. Verzeih' dir's Gott, Dom João! Denn von
Herzen
Bedaur' ich, daß du kamst, mich zu entdecken.
Im tiefsten Dunkel wollt' ich mich verstecken
Vor meiner treuen Portugiesen Augen,
Um, so wie sie, zum Sklavendienst zu taugen, —
Und nun verräthst du mich!
Zweiter Christensklave (kniet vor Fernando nieder). Verzeiht,
ich bitte,
Daß ich so thöricht blind verletzt die Sitte!
Erster Christensklave (desgleichen).
Sieh', Herr, wir beugen vor dir unser Knie!
Fernando. Steh' auf, mein Freund! Nicht Ehren heisch'
ich hie! (Sie stehen auf.)
Coutinho. Eur' Hoheit —
Fernando. Welcher Hoheit wol erfreut
Ein Mensch sich noch in solcher Niedrigkeit!
Gefangen seht ihr zwischen euch mich wandeln;
Drum sollt ihr auch nicht anders mich behandeln,
Wie euresgleichen.
Coutinho. Allbarmherzigkeit,
Schickst du nicht einen Blitz, mich todtzuschlagen!?
Fernando. O Freund, nicht also darf sein Loos beklagen
Ein Edelmann! Wer wird an Gott verzagen!?
Er will uns still gefaßt und muthig sehen.

Fünfter Auftritt.

Vorige. Zara kommt mit einem Körbchen von rechts hinten.

Zara. Die Herrin will im Garten sich ergehen;
Man fülle, heischt sie, dieses Körbchen ihr
Mit duft= und farbenreicher Blumenzier.
Fernando (das Körbchen nehmend).
Ich hoff', ihr lasset mich der Erste sein,
Nach Wunsch die Herrin zu bedienen.
Erster Christensklave (zu Fernando). Nein!
Ich will die Blumen sammeln geh'n im Garten!
Zara. Indeß Ihr pflückt, werd' ich Euch hier erwarten.

Fernando (zu den Sklaven).
Ich bitt' euch nochmals, keine Höflichkeit!
Da wir denselben Leiden sind geweiht,
Und sicher Alles, was das Leben beut,
Gleich macht der Tod, sei's morgen, oder heut,
So wird der Mensch am Besten für sich sorgen,
Der heut nichts übrig läßt zu thun für morgen.
(Fernando ab mit den Christensklaven, die ihm den Vortritt lassen
wollen, — nach links hinten, Coutinho folgt.)

Sechster Auftritt.

Zara. **Phönix** tritt auf mit **Rosa** von rechts hinten.

Phönix. Sind bestellt zur Augenweide,
Mir die Blumen?
Zara. 's ist gescheh'n.
Phönix. Ihre Farbenpracht zu seh'n
Wandelt Trübsinn mir in Freude.
Rosa. Mitgefühl mit deinem Leide
Dir zu zeigen, fragen wir:
Sprich, was lastet nur auf dir?
Zara. Sag' uns, Herrin: wohin schweifen
Deine trüben Phantasie'n?
Phönix (sich rechts vorn setzend).
Ach, ihr könnt es nicht begreifen,
Glaubt, daß mir ein Trug erschien!
Nein, der Träume Nebelstreifen
Sind es nicht, die vor mir zieh'n.
Wer im Traum ein Gut besessen,
Mag es, wenn er wacht, vergessen;
Wer's in Wirklichkeit verlor
Und für Traum hält, ist ein Thor.
O, es ist nur zu gewiß,
Unheil droht mir! Wie ihm wehren!
Zara. Helle folgt auf Finsterniß,
Und das Glück wird wiederkehren!
Phönix. Nein, nichts gleichet meiner Pein!
Eines Todten muß ich sein!
Wer ist dieser Todte?

Siebenter Auftritt.

Vorige. Fernando kommt zurück mit den Blumen von links hinten.

Fernando. Ich! —

Phönix (sich erhebend). Was, o Himmel, muß ich sehen?!

Fernando (sie mit Bewunderung anblickend).
Was verwundert dich?

Phönix (bebend, fast tonlos). Vergehen
Möcht' ich, hör' ich, schau' ich dich!

Fernando. Unbeschworen will ich's glauben. —
Mögest du mir denn erlauben,
Daß ich diese Blumen dir
— Wunderblumen sind es, mir
Süße Räthsel — dienend reiche.

Phönix (ohne die Blumen zu nehmen).
Weshalb wählst du die Vergleiche?
Doch den Blumen nur zum Ruhme?

Fernando. Ist nicht Wunder jede Blume,
Die ich dienend zu dir trage?

Phönix. Soll ich dich versteh'n, so sage,
Bist du nicht Fernando?

Fernando (in ihren Anblick verloren). Ja!
Kennst du mich, der nie dich sah?

Phönix. Wol gewahrt ich ungesehen,
Dich schon, seit du hier gefangen . . .
Aber sprich, was ist geschehen,
Welch ein Wechsel vorgegangen?
Du — ein Sträfling?!

Fernando. So versöhn' ich
Das Gesetz.

Phönix. Wer gab's?

Fernando. Der König.

Phönix. Geht von ihm aus deine Schmach?!

Fernando. Sklave bin ich, und sonach
Duld' ich, was er auferlegte.

Phönix. Doch ich weiß, der König pflegte
Dich zu nennen seinen Freund!

Fernando. Wohl, er that es! doch bereu'nd,
Scheint er nun von mir geschieden.

Phönix. Konnt' ein einz'ger Tag den Frieden
Zweier Eo'len so vernichten?!

Fernando (immer die Augen auf sie geheftet).
Laß die Blumen dir berichten,
Was des Menschen Loos hienieden.— (Auf die Blumen zeigend.)
Die Blumen, die zu Glanz und Lust erstehen,
Sobald der Morgen neues Licht entzündet,
Sind Abends welk, der Trauer eng verbündet,
Wann sie im Schlummer kühle Wind' umwehen.
Der Farbenwechsel, den wir staunend sehen,
Der in der Iris sich zur Einheit ründet,
Ein warnend Bild des Menschendaseins kündet:
So Vieles kann an einem Tag geschehen!
Früh blüh'n die Rosen, die des Nachts verderben,
In ihrem Kelch liegt Wieg' und Grab verbunden,
Sie leben nur, daß sie den Tod ererben.
Wir Menschen haben gleiches Loos gefunden:
An einem Tage werden wir und sterben;
Jahrhunderte durchleben wir in Stunden.

Phönix (nach einer Pause trüben Sinnens, in schmerzlichster Erregung). O, nichts weiter laß mich hören!
Wenn du redest, so verstören
Angstgefühle mir die Sinne,
Und ich werd' es bangend inne:
Besser ist's für den, der leidet,
Daß er Leidende vermeidet.   (Sie will sich entfernen.)

Fernando (ihr den Weg vertretend).
Uebt man so Barmherzigkeit?
O, du könntest wol sie üben!
Den ein Blick von dir erfreut,
Magst du fühllos ihn betrüben?!

Phönix. Fühllos ich?! ... Das bin ich nicht.

Fernando (glühend). Nein, aus deinen Augen spricht ...

Phönix (sich abwendend). Fort aus meinem Angesicht!

Fernando (zögernd). Und die Blumen?

Phönix (an das Körbchen stoßend, sodaß es mit den Blumen zu
Boden fällt). Weg mit ihnen!
Die mir früher hold erschienen,
Wozu sollten sie noch dienen?!

Fernando. Hemme deine Ungeduld!
Was denn tragen sie für Schuld?
(Schmerzlich.) Ihnen — gönne deine Huld!
Phönix. Ihre Pracht erscheint entstellt!
Fernando. Und warum das?
Phönix (seufzend). Auf der Welt,
Was da blüht, welkt und verfällt,
Da der Tod es muß erbeuten.
Nichts, nichts als Vergänglichkeiten
Ringen fruchtlos mit dem Glücke,
Das ohn' Aufhör stets zerschellt.
Deinem traurigen Geschicke
Dank' es, beines Sternes Tücke,
Daß der Glanz der Blumen wich,
Die mich sonst so süß erfreuten.
Fernando. Stern' und Blumen gleichen sich?
Phönix (nicht seufzend).
Fernando. Willst du mir dies Räthsel beuten?
(Muley zeigt sich links hinten.)
Phönix. Wohl, ich will es; höre!
Fernando. Sprich!
Phönix (gen Himmel weisend).
Die von der Sonne Strahl genährten Funken
Am Himmel, die das Dunkel uns erhellen,
Sich rasch dem Tod, wie Blumen, zugesellen,
Sobald der Tag die Nacht herangewunken.
Nächtliche Blumen sind's, die kurz nur prunken
Mit ihres Glanzes lichtumwob'nen Wellen
Lebt einen Tag die Blum' in blüh'ndem Schwellen,
So sind die Stern' in einer Nacht versunken.
Schnell, wie die Lenze, wechseln Weh' und Wonnen,
Scheint treu das Glück heut, morgen liegt's in Scherben,
Und trüber Nebel hält das Licht umsponnen.
Nichts kann der Mensch unwandelbar erwerben
Da Sterne seines Lebens einz'ge Sonnen,
Die, Nachts geboren, täglich wieder sterben. — (Pause.)
Fernando (hingerissen). Ja, nun ist es klar für mich:
Stern' und Blumen gleichen sich,
Wie sich auch zu gleichen scheint

Unser Schicksal, das vereint
Uns dem Schmerz dahin gegeben.
Holder Trost ist die Erfahrung!
Deiner Lippen Offenbarung,
Sanft von Wehmuth überflossen,
Hat ihn mir ins Herz gegossen
Und mit Balsam es getränkt.
Dank für Das, was du geschenkt!
Mitgefühl hab' ich genossen.
    Phönix (mit Wärme). Ja, das hast du!
    Fernando. Könnt' auch ich
Deines Kummers Tröster sein!
    Phönix. Fremdling, denke nicht an mich ...
Meine Qual trag' ich allein.
      (Sie geht mit Zara und Rosa nach rechts hinten ab.)

Achter Auftritt.

Fernando. Muley.

    Muley (für sich). Welch Gespräch hab ich vernommen!
Phönix und Fernando sind
Hier zum Stelldichein gekommen?! —
Regt die Eifersucht sich blind
Gegen ihn auch?! — Nein, o nein!
Mehre, Herz, nicht deine Pein! (Er nähert sich Fernando, wel-
    cher nach der Seite blickt, wo Phönix abgegangen ist.)
Kann ich jetzt allein dich sprechen?
    Fernando (sich rasch zu ihm umwendend).
Edler Muley, sage mir,
Wer die Schönste sei der Frauen,
Die so eben ging von hier?
    Muley (tritt vor). Wohl, dir will ich's anvertrauen.
Phönix war's, die du gesehen,
Die ich lieb', um die ich leide.
    Fernando (erschrocken). Phönix?! — (Pause.) Frei laß
                mich gestehen,
Freund, wie sehr ich dich beneide,
Kannst du Phönix dir erringen;
Aber geht sie dir verloren,
Tief're Leiden werden bringen

In dein Herz, als mir erkoren.

  Muley (ohne ihn anzusehen, gedrückt).
Willst du um ihr Herz mich bringen,
Wär' ich besser nie geboren!

  Fernando (ihm die Hand reichend).
Muley, nein, beruh'ge dich!
Dieses holde Zauberwesen,
Das dein Herz sich auserlesen,
Rettete vor Allem ich,
Hätt' ich nur die Macht dazu,
Deinem Frieden, deiner Ruh',
Schützt' als Freund sie und als Held
Gerne gegen eine Welt,
Und vor Allem gegen mich.

  Muley (nachdem er ihn eine Weile betroffen angesehen, mit stür=
mischer Umarmung). Das heißt Freundschaft sicherlich!
Christ, wie dank' ich dir dafür! —
(Leise ihm in's Ohr.) Doch nicht deshalb bin ich hier,
Sondern endlich dir zu zeigen,
Auch ein Maure hält die Treue,
Wird mit Muth und ohne Reue
Jedes Hemmniß übersteigen,
Um dich zu befreien. So,
Meine Schuld zu tilgen froh,
Künd' ich dir, daß ich zur Nacht
Einen Fluchtplan ausgedacht.
Eure Ketten durchzufeilen,
Werkzeug halt' ich euch bereit;
Euren Kerker will ich eilen
Aufzuthun zu rechter Zeit
Von der Außenseite her.
Eurer harrt ein Boot im Meer,
Welches dich und deine Brüder,
Hier in Sklaverei gebannt,
Sicher trägt zur Heimat wieder.
Ein Gerücht dann geht ins Land,
Daß, so fest ihr auch gekettet,
Ihr die Bande selbst gesprengt.
Also wirst du, Freund, errettet,

Meine Ehre nicht bedrängt.
Und, da dir die Mittel fehlen,
Fremde Willen zu gewinnen,
Nimm dies Kästchen voll Juwelen; (Gibt ihm ein Kästchen.)
Allah schirme dein Beginnen!
Still muß ich mich von dir stehlen,
Daß gelinge, was wir sinnen.
  Fernando. Deine Freundschaft macht mich frei!
     (Er blickt nach links.)
Ha, der König nahebei!
  Muley (erschrocken). Sah er uns?
  Fernando. Ich glaube, nein.
  Muley. Seinen Argwohn nicht zu wecken,
Sei uns Sorge jetzt allein.
    (Er geht nach dem Hintergrunde rechts)
  Fernando. Wohl, so will ich mich verstecken,
Bis er wird vorüber sein.
   (Er verbirgt sich rechts vorn hinter einem Busch.)

Neunter Auftritt.

  Vorige. Der König tritt auf von links, zweiter Gang.
  König (für sich). Muley und Fernando steh'n
So geheim; es geht der Eine,
Da sie hier mich kommen seh'n,
Und der Andre, wie ich meine,
Weicht mir gleichfalls schüchtern aus.
Brächt' ich etwas hier heraus,
Was Gefahr mir drohen möchte,
Büßen sollen es die Knechte!
  Muley (tritt vor). Meinen Gruß, Herr, biet' ich dir.
  König. Gut, daß es der Zufall gibt,
Muley, dich zu treffen hier.
  Muley. Was befiehlst du?
  König. Sehr betrübt
Hat es mich, daß Ceuta wieder
Mir entging.
  Muley. Du wirfst es nieder!
Schwache Gegenwehr nur übt es;
Laß zum Stürmen dich bewegen!

König. Friedlichere Mittel gibt es,
Es zu Füßen mir zu legen.
    Muley. Welche?
    König. Schwer und schwerer muß
Dom Fernando Schmach erleiden,
Bis er Ceuta aus Verdruß
Selbst mir bietet; so vermeiden
Kann allein er, daß sein Loos
Täglich, stündlich härter werde.
Eine Sorge hab' ich blos,
Und die macht mir viel Beschwerde, (mit durchbohrendem Blicke)
Daß, Freund Muley, die Person
Des Infanten hier bedroh'n
Allerlei Gefahren schon.
Denn die Christensklaven hegen
Mitleid, ihn gedrückt zu seh'n,
Und ich fürcht', um seinetwegen
Möchte Meuterei entsteh'n.
Ueberdies kann Eigennutz
Leicht gar manches Böse schaffen,
Gold leiht unerlaubten Schutz,
Läßt oft Wachsamkeit erschlaffen; —
Fänd' er so den Weg zur Flucht . . .
    Muley (bei Seite). Dies ist schon des Argwohns Frucht!
List nun gilt's. (Laut.) Du sorgst mit Recht,
Daß man ihn befreien wolle.
    König. Nur ein Mittel scheint nicht schlecht,
Wie es Keiner wagen solle,
Tückisch mich zu hintergeh'n.
    Muley. Dieses wäre, Herr?
    König. Wenn du,
Muley, selber ihn bewachtest,
Hätt' ich Sicherheit und Ruh',
Da du Eigennutz verachtest.
Deiner Sorgfalt übergeben
Sei Fernando; einzusteh'n
Hast du mir mit deinem Leben,
Daß kein Unheil mag gescheh'n. (Ab links hinten.)

Zehnter Auftritt.
Muley. Fernando.

Muley. Hilf mir Allah! Schon entdeckt
Hat der König mein Beginnen!

Fernando (kommt zurück von rechts vorn; mit Gelassenheit).
Sage, Freund, was dich erschreckt.

Muley. Hörtest du und bliebst bei Sinnen?!
Fragst du noch, was mich verwirrt,
Da mein Herz, des Zwiespalts Beute,
Zwischen Ehr' und Freundschaft heute,
Zwischen Freund und König irrt?!
Ich verrathe meinen König,
Zeig' ich gegen dich mich treu;
Dankbar dir zu sein verpön' ich,
Halt' ich ihm die Treu' auf's Neu'!
Was nur thu' ich! Rathe! Sprich!

Fernando. Deine Pflicht gehört dem König;
Ihm nur diene, lasse mich!
Als dein wahrer Freund gewöhn' ich
Gern mich auch für dich zu dulden;
Nimmermehr will ich's verschulden,
Daß ich, Selbstsucht nur zu üben,
Dir die Ehre sollte trüben.

Muley (nach kurzem Schwanken). Deinen Rath, Fernando, nicht
Kann ich folgen ihm! die Pflicht
Sagt: ich danke dir mein Leben,
Also sei es hingegeben
Auch für dich, wie meine Ehre,
Die ich beide gern entbehre,
Weiß ich dich nur, Freund, befreit.
Deinen Tod bin ich bereit
Auszustehen, und nachher
Gibt es nichts zu fürchten mehr.

Fernando. Niemals könnt' ich recht es nennen,
Grausam gegen den zu sein,
Der sich von der Ehre trennen
Möchte, Freiheit mir zu leih'n.
Nein, beim Herrn der Himmelsschaaren,

Niemand soll an seiner Ehre
Je Beschädigung erfahren,
Daß ich meine Wohlfahrt mehre!
    Muley. Duld', o Freund, was ich begehre!
Laß mich meine Worte sparen,
Wisse nur, daß meine Ehre
Du mir nimmst, willst du sie wahren.
    Fernando. Du nimmst, Freiheit mir zu geben,
Mir die Ehre, dir das Leben —
Und auf Phönix all dein Hoffen.
      (Da Muley schmerzbewegt zusammenzuckt, fährt er mit mildem
                Tone fort.)
— Hab' ich dich in's Herz getroffen? — (Reicht Muley die Hand.)
Muley, wenn ich Freund dich nenne,
So erfüll' ich mein Gesetz:
Als standhaften Prinzen kenne
Christus seinen Knecht in Fez.
    (Rasch ab zur Rechten; Muley blickt ihm schmerzlich nach.)

Verwandlung.

Saal im Palast zu Fez. Zwei Polster auf Stufen, unter einem Bal=
dachin vorn links; zwei Divans vorn rechts. Thüren hinten, links
und rechts.

Elfter Auftritt.

Muley von rechts hinten; dann der König

    Muley. Da ich Dom Fernando nicht
Durch des Königs viele Wachen
Flüchten kann, muß Freundespflicht
Einen andern Anschlag machen. —
          (Zum König, der von links kommt.)
Wenn zu Land und Wasser dir
Treu ich diente, meinem Herren,
Wenn so viele Sorgen mir
Deine Huld nicht ganz versperren,
Wolle jetzt mich hören.
    König. Sprich.
    Muley. Dom Fernando —
    König (finster). Schweige still!
Muley, du beleidigst mich.

Muley. Wenig nur ich sagen will.
Ist sein Hüter, Herr, denn nicht,
Dir verpflichtet zum Bericht? —
    König. Wohl, doch wird er ihm nicht frommen.
    Muley. Dom Fernando lebt verkommen
In der allertiefsten Noth,
Lebt ein Leben voller Tod.
Alle, die ihn sehen, fliehen,
Sich dem Mitleid zu entziehen.
Nur ein Ritter und ein Knecht,
Deren Treue wahr und ächt,
Blieben, um den Hilfentblößten
In so tiefer Schmach zu trösten.
Ihre Kost, die arm und schlecht,
Theilen sie mit ihm, bezwungen
Durch ihr Mitleid; schnell verzehrt
Wird sie, die kaum sie nur nährt,
Daß der Schlund sie schon verschlungen,
Eh' es noch der Mund erfährt.
Laß ein Ziel der Härte stecken,
Herr, und bei der Pein des Armen,
Die ihn ganz wird niederstrecken,
Fühle Grau'n, wenn nicht Erbarmen,
Wenn nicht Mitleid, so doch Schrecken.
    König (sich gleichgiltig abwendend).
Schön!

Zwölfter Auftritt.

Vorige. Phönix tritt auf von rechts.

Phönix. O Herr, du mußt es wissen,
Daß ich immer mich befliffen,
Demuthsvoll nur deinen Willen
Auf dein Winken zu erfüllen ....
Darf ich eine Bitte wagen?
    König (mit Zärtlichkeit). Was wol könnt' ich dir versagen!
    Phönix. Der Infant Fernando —
    König (finster). Still!
Schon genug hast du gesagt.
    Phönix. Ach, mein Blut erstarren will,

Seh' ich ihn so schwer geplagt!
Könnt' ich es von dir erreichen . . .
     König. Nein, du wirst mich nicht erweichen!
Wenn, von seinem Trotz genarrt,
Er, ein Thor, darin verharrt
Und nun schwere Strafe duldet,
Habe doch nicht ich verschuldet,
Was von ihm gewollt nur ward!
Steht es nicht bei ihm, zu enden
Seine Qualen und zu leben?
Ceuta ist in seinen Händen, —
Mag er es mir übergeben,
Und ich will ihm Freiheit spenden.
     Phönix (stürzt ihm zu Füßen). Vater, ach, laß dich erflehen!
Hör' die Stimme deines Kindes!
     König. Welch ein Aufruhr! — Was geschehen,
Ist gerecht. Schweig' und empfind' es!

Dreizehnter Auftritt.

     Selim. Herr, es bitten zwei Gesandte
Um Gehör. Von Tarudante (Phönix schrickt zusammen)
Kommt der Eine, und es sendet
Portugal den Andern dir.
     Phönix (die aufgestanden, für sich). Ach, was hör' ich! Wehe mir!
Jener wirbt um mich . . .
     Muley (für sich). Heut' endet
Alle Hoffnung!
     König. Laß sie ein,
Denn willkommen soll'n sie sein.
(Auf seinen Wink setzt sich Phönix neben ihn links auf die Polster.
Selim führt die Angemeldeten herein.)

Vierzehnter Auftritt.

Vorige. Dom Affonso und Tarudante kommen durch die Mitte. Der
     König, Muley und Phönix stutzen, da sie Tarudante erkennen.

     Tarudante (sein Knie beugend).
Sieh' mich, Herr, zu deinen Füßen . . .
     Affonso (ihm ins Wort fallend).
Laß dich ehrfurchtsvoll begrüßen . . .

Tarudante (desgleichen). Glorreich herrsche...

Affonso (desgleichen). Leb' in Wonne ...

Tarudante (zu Phönix). Und du, Strahl von dieser
Sonne ...

Affonso (eben so). Holder Stern, mir aufgegangen ...

Tarudante (in's Wort fallend).
Möge deine Schönheit prangen ...

Affonso. Reiz, der ohne Gleichen ist ...

Tarudante (aufspringend zu Affonso).
Wie! indeß ich rede, Christ,
Schweigest du, Vermeff'ner nicht?

Affonso. Weil — nimm diese Antwort hin —
Nirgends Jemand vor mir spricht!

Tarudante. Ich, weil ich Alarbe bin,
Habe dazu größ'res Recht,
Denn einheimisches Geschlecht
Zieht man stets dem fremden vor.

Affonso. Wo man feine Sitt' erkor,
Hat den Vortritt stets der Gast.

Tarudante. Widerlegt du mich nicht hast,
Denn auch ich bin Gast allhier.

König. Setzt euch! Beiden geb' ich Ehre!
Rede doch zuerst zu mir,
Als Bekenner fremder Lehre
Mehr geehrt, der Portugiese.
(Tarudante und Affonso setzen sich rechts.)

Tarudante (für sich). Gibt es eine Schmach, wie diese!

Affonso. Wohl! Zu sagen hab' ich wenig.
Dom Affonso, er der König,
Bittet dich, da frei zu sein
Dom Fernando nicht begehrt,
Ist dafür der Preis allein
Ceuta's Veste wohlbewehrt,
Daß du jetzo sonder Bangen
Also magst die Summe steigern,
Wie sie Geldgier nur verlangen,
Und selbst Großmuth darf verweigern.
So viel bietet er an Werth,
Wie zwei Städte, dir in Güte;

Doch entscheiden wird das Schwert,
Wenn er sich vergebens müh'te,
Seinen Oheim zu befrei'n.
Furchtbar wird die Flotte sein,
Die er ausschickt, deiner Küsten
Reiche Städte zu verwüsten; —
Die ein grüner Teppich schienen,
Die Gefilde will er färben
Roth mit Blut, daß wie Rubinen
Sie erglänzen und verderben.

Tarudante (zu Affonso). Nicht gebührt es dem Gesandten
Dich, antwortend, zu befehden,
Da allein dies Tarubanten
Zusteht, — dennoch darf ich reden.
Möge Dom Affonso kommen
Und sein ganzes Volk mit ihm,
Weiter wird es ihm nicht frommen,
Als durch unsern Ungestüm
Einen Wechsel zu erleben,
Wie es raschern nicht kann geben,
Daß er finde, was er sucht,
Hier ein Grab als Kampfesfrucht.

Affonso. Wärst du Maure, meines Gleichen,
Brächt' ich, Jüngling, so wie du,
Gern im Zweikampf ohn' Erbleichen
Diesen Völkerzwist zu Ruh'.
Aber so, um Ruhm zu werben,
Deinen König sende nur;
Meiner kommt, euch zu verderben,
Nimm als Bürgschaft meinen Schwur!

Tarudante (springt auf). So nicht spricht der Abgesandte,
Nein, der König selbst, ich mein'!
Antwort dann gibt Tarubante!

Affonso (springt gleichfalls auf.)
Wohl, im Felde wart' ich dein!

Tarudante. Warten lassen werd' ich dich
Wahrlich keine lange Zeit!
Ich bin Blitz!

Affonso. Und Sturmwind ich!

Tarudante. Ich Vulcan, der Flammen speit!

Affonso. Hydra ich, die Feuer sprühet!

König. Herren, seht ihr denn nicht ein,
Daß ihr euch umsonst bemühet?
Niemand kann hier Feld verleih'n,
Außer mir, zu Streit und Kämpfen,
Und ich will den Eifer dämpfen,
Daß ich euch bewirthen kann.

Affonso. Kein Bewirthen nehm' ich an,
Wo gegründete Beschwerden
Immer nicht beseitigt werden,
Sondern fort und fort bestehen!
Dom Fernando hier zu sehen,
Unerkannt zuerst hierher
Auf dein Lustschloß wollt' ich gehen,
Denn hier hofft' ich nicht so schwer,
Schneller auch an's Ziel zu kommen; —
Doch nach dem, was ich vernommen,
Hält mich blos auf mein Begehr,
König, noch die Antwort hier.

König. Wohl! Die Antwort will ich dir,
Dom Affonso, bündig geben:
Oeffnest du nicht Ceuta mir,
Bleibet mein Fernando's Leben.

Affonso. Da ich seinetwegen nur,
Kam und ihn zu retten schwur,
So erklär' ich dir den Krieg. (Zu Tarudante.)
Treff' ich dich in Schlachtgewittern,
Wer du seist, mein wird der Sieg!
Afrika soll vor mir zittern! (Ab durch die Mitte.)

Fünfzehnter Auftritt.

Vorige, ohne Affonso.

Tarudante. Weil vergeblich mein Bestreben,
Schöne Phönix, Euch als Knecht
All mein Leben hinzugeben,
Seht mich knie'n vor Euch und sprecht:
Reicht Ihr dem nicht Eure Hand,
Der Euch seine Seele bietet? (Er kniet vor Phönix.)

Phönix (sich erhebend, mühsam). Wo sich öfter Anlaß fand,
Daß Ihr Euren Zweck verriethet,
Den man, schätzend, wohl verstand,
Thut nicht weit're Werbung noth; —
Hoheit, dieses Wort, erwägt es.
(Tarudante erhebt sich, indem er sich verneigt.)
Muley (für sich). Das zu hören, wer erträgt es!
Lieber wünscht' ich mir den Tod!
König (vom Polster herabsteigend).
Da Eur' Hoheit hier erschienen
Unversehens, kann ich nicht
Also prunkend Euch bedienen,
Wie ich wünschte.
Tarudante. Meine Pflicht
Heischet, kurz nur hier zu weilen,
Und weil doch der, den ich sandte,
Meine Braut zu holen, eilen
Sollte, die ihm wohl bekannte
Heiße Herzensglut zu stillen,
Werbe, da ich selbst gekommen,
Nur um der Beschleun'gung willen,
Länger Anstand nicht genommen.

König. Herr, gerecht ist dies Begehren.
Doch da wir zum Kampf uns rüsten,
Schon bedroht sind uns're Küsten,
Müßt Ihr schnell zurück nun kehren
Nach Marocco, eh' inmitten
Wegs der Paß wird abgeschnitten
Von den Portugiesen-Heeren.

Tarudante. Wohlbewehrt und kriegserfahren,
Schon gesammelt sind die Schaaren;
Um als Eu'r Soldat zu dienen,
Kehr' ich bald zurück mit ihnen.

König. Rasch begebt Euch auf die Reise,
Rath' ich denn. Du, Phönix, sollst,
Dem Gemahle freudevollst
Folgen schon in kurzer Zeit. —
Muley!
Muley. Herr?

König. Sei du bereit,
Phönix schnell mit sichern Leuten
Nach Marocco zu begleiten.
(Er reicht der wankenden Phönix die Hand, grüßt Tarubante und
führt sie links ab. Tarubante und Selim folgen.)

Sechzehnter Auftritt.

Muley (allein). Er entfernt mich von dem Ort,
Wo dem Freund ich könnte nützen,
Nimmt so jede Hoffnung fort,
Dessen Flucht zu unterstützen!
Ach, und mir, der nur noch lebte,
Seiner Rettung mich zu weih'n,
Alles das, wonach ich strebte,
Soll mir stets entrissen sein!   (Ab durch die Mitte.)

Verwandlung.

Hof in einem Staatsgefängniß, rechts und links von hohen Mauern
umgeben. Links, dritter Gang, ein geöffnetes Thor. Hinten das
Kerkergebäude mit maurischen Thürmen und einer geschlossenen Thüre.
Rechts vorn befindet sich noch ein kleines offenes Thor. Tag.

Siebzehnter Auftritt.

Die hintere Gefängnißthür öffnet sich. Coutinho, Brito und andere
Christensklaven führen den in Ketten gelegten Fernando heraus und
setzen ihn auf eine Strohmatte. Drei maurische Wärter bleiben im
Hintergrunde rechts.

Fernando. Legt mich her an diese Stelle,
Wo mich, der ich schmerzbeladen,
Süß erquickt des Himmels Helle.
(Er faltet die Hände.) Dank, o höchster Herr der Gnaden,
Daß ich, frei der finstern Zelle,
Mich noch darf im Lichte baden! —
Als mit mir in gleicher Lage
Hiob war, flucht' er dem Tage,
Doch er that es, weil verloren
Er in Sünden war geboren;
Während Lob dem Herrn ich sage,
Weil Er, ob Er mich auch tödte,
Stets gewußt, wie er durch Qualen

Erst mich ganz zu Sich erhöh'te.
Jeder Glanz der Morgenröthe,
Jedes Gold in Sonnenstrahlen
Sollte Feuerzunge sein,
Unsern Dank Ihm abzuzahlen.
    Brito. Liegt Ihr, Herr, hier ohne Pein?
    Fernando. Mag der Himmel mir verzeih'n:
Besser lieg' ich, als ich sollte,
Weil ich doch nicht immer wollte
Gutbefinden das, was mir
Gott beschied, ja·mit Ihm grollte.
Unerschöpft ist Sein Erbarmen,
Und es wärmt die Sonne hier
Mich, den fieberkranken Armen!
       (Ein Wärter tritt vor und winkt den Sklaven zu gehen.)
    Erster Christensklave. O, wie gerne blieben wir,
Euch zu trösten, Euch zu heilen!
Doch zur Arbeit gilt's zu eilen.
    Fernando. Geht mit Gott!
    Zweiter Christensklave. O welche Leiden!
    Dritter Christensklave. Welch' ein bitt'rer Schmerz!
  (Sie gehen mit einem Wärter nach rechts vorn durch das Thor ab.)

Achtzehnter Auftritt.

Fernando. Continho. Brito.

    Fernando. Ihr Beiden
Aber wollt bei mir verweilen?
    Brito. Mich soll nichts mehr von Euch scheiden!
    Continho. Alles will ich mit dir theilen!
(Leise.) Kurze Zeit nur laß mich geh'n.
    Fernando. Werd' ich bald dich wiederseh'n?
    Continho (wie vorher). Herr, gleich bin ich wieder hier,
Denn nur suchen will ich, dir
Etwas Nahrung auszuspäh'n.
Scheut auch Jeder die Gefahr,
Das Gebot zu überschreiten,
Welches Wasser dir sogar
Vorenthält, nach allen Seiten
Will ich den Versuch doch wagen,

Dir Erquickung zuzutragen. (Er blickt nach links hinten.)
Sieh', da kommen Leute! Bergen
Kann ich nun mein Geh'n den Schergen.
(Während der König mit seinen Begleitern von links hinten erscheint,
und die Wärter, ihn gewahrend, sich mit über der Brust gekreuzten
Armen tief verbeugen, schleicht Coutinho nach rechts vorn hinweg.)

Neunzehnter Auftritt.

Fernando. Brito. König, Tarudante, Phönix verschleiert mit ihren
drei Damen und **Selim** kommen mit Gefolge von links, dritter Gang.

Selim. Herr, in diesem Hofe hier
Kannst du sicher fehl nicht gehen,
Den Gefangenen zu sehen.
König (zu Tarudante). Meine Macht hier zeig' ich dir,
Sollst sie staunend eingestehen.
Tarudante. Ehre nur erzeigst du mir.
(Sie bleiben hinten stehen und reden mit einander.)
Fernando (schwach, sich zu den ihn nicht Beobachtenden wendend).
Reicht mir eine kleine Gabe!
Mit mir Kranken habt Erbarmen!
Bin ein Mensch, der, nah dem Grabe,
Nichts hat, was ihn stärk' und labe;
Fühlet Mitleid mit dem Armen!
Zeigt es selbst das Thier dem Thier,
So beweist, daß Menschen ihr!
Brito (zu Fernando flüsternd).
Betteln muß ich dich erst lehren,
Willst du, daß sie dich erhören.
Fernando. Wie denn soll ich sprechen?
Brito (sich zu ihm herabneigend). So:
Mauren, seht, auf schlechtem Stroh
Liegt vor euch gekrümmt, gebrochen
Nicht ein Mensch, nein, ein Skelett!
Helft ihm, der sich hier verkrochen,
Bei den abgenagten Knochen
Des Propheten Muhamet!
König (der aufmerksam geworden, zu Tarudante).
Selbst in solcher schnöden Lage
Noch den alten Trotz beweist er,
Mir zum Hohn und sich zur Plage! — (Er tritt vor.)

He, Infant!　He, Ordensmeister!
　　Krito (zu Fernando, der wie entschlummert daliegt).
Sammle deine Lebensgeister!
Komm!　Zum König sollst du gehen!
　　Fernando (versucht sich zu erheben und fällt zurück; erschöpft).
Nicht mehr aufrecht kann ich stehen.
　　König (zu Fernando). Muß ich stets dich standhaft sehen,
Frag' ich: soll das Demuth sein,
Oder Eigensinn allein?
　　Fernando (mit Anstrengung). Du bist Herr, Gefang'ner ich,
Und als solcher ehr' ich dich;
Aber, König, hör' auf mich!
Also göttlich, sonnerhellet
Ist der Könige Beruf,
Daß, was Gott so hoch gestellet,
Sich zum Ebenbild erschuf,
Milde muß aus sich erzeugen,
Weisheit, der sich Alle beugen.
Weiß der Thiere Fürst sogar,
Großmuth auch der Leu zu üben,
Kann der Menschen Fürst fürwahr
Seinen Gott nicht so betrüben,
Daß er, dem man liebend huldigt,
Lieblos grausam sollte sein.
Auch ein and'rer Glaub' entschuldigt
Nimmer solche Tyrannei'n,
Weil ja jede Glaubenslehre
Milde predigt und Verzeih'n.
Dennoch nimmer ich begehre,
Dich durch meines Elends Pein
Hier zu rühren, für mein Leben,
König, noch dich anzufleh'n,
Wo dem Tod ich still ergeben
In das Auge schon geseh'n,
Wo ich weiß, kein Widerstreben
Hilft, denn Irb'sches muß vergeh'n.
Was begehrt, der also spricht?
Ach, das Leben ist es nicht!
Wohl, so bitt' ich um den Tod.

Ich, der Leib und Seele bot,
Um den Himmel zu ererben,
Für den Glauben will ich sterben!
Aber wähne nicht, ich bitte
Dies dich aus Verzweiflung blos; —
Ob ich noch mehr Qual erlitte,
Ob mein Hunger noch so groß,
Ob mich Lumpen nur bedecken,
Und des Kerkers Schauer schrecken,
Dennoch bleib' ich fest im Glauben,
Daß ich's predige den Tauben:
Er ist Sonne, Himmelslicht,
Wer in ihm ist, strauchelt nicht!
Magst du, König, triumphiren
Ueber mich, so viel dir's nützt,
Nie an Gottes Kirche rühren
Wirst du, die Er selbst beschützt.

König (zornglühend). Ist es möglich, so zu prahlen
Mit der selbstgewollten Schmach?!
Deine Schuld nur mußt du zahlen,
Ich, ich stellte nie dir nach.
Du nur hast, was du gelitten,
Dir verursacht, und nicht ich;
Drum um Mitleid mußt du bitten
Dich erst, und dann rührst du mich.
(Er geht mit Selim, Tarudante grüßend, links, dritter Gang ab.)

Fernando (zu Tarudante). Geht er, stehe du mir bei!

Tarudante. Mich vertreibt dein Wehgeschrei.
(Mit dem Gefolge nach links, dritter Gang, ab.)

Zwanzigster Auftritt.

Pönix und ihre drei Damen. Fernando. Brito.
(Da Phönix ergriffen vortritt und sich entschleiert, erkennt sie Fernando.)

Fernando. Phönix! Wie! auch du bist hier? — (Pause.)
Wenn Barmherzigkeit die Seele
Aller Schönheit, ihre Zier,
Gönne du, daß ich empfehle
Einzig meine Sache dir!

Phönix (sich abwendend). Nicht ertrag' ich diese Noth!

Fernando. Siehst du mich nicht an?

Phönix (wie vorher). O Tod,
Der aus diesem Antlitz droht!

Fernando. Laß mich deine Augen sehen
Einmal noch, — denn sie verstehen
Meinen Schmerz. (Da Phönix zurücktritt.) Wie! Willst du
gehen?
Du auch, eh' mich Tod umnachtet?!
Ob mein Anblick euch verstört,
All' ihr mich zu fliehen trachtet,
Dennoch, Fürstin, hört mich, hört!
Der hier einsam und verachtet
Stirbt, war eures Mitleids werth, —
Sein gedenken werdet ihr.

Phönix (in höchster Erschütterung). Ach, ein jeder Laut von dir
Füllt die Seele mir mit Grauen!
Nicht mehr darfst du mir vertrauen
Deine Rettung. Nichts vermag ich, —
Allzu groß ist die Gefahr. (Flehende Geberde des Fernando.)
Fort! Den Anblick nicht ertrag' ich;
Lebewohl darum dir sag' ich . . .
Tiefstes Weh ward hier mir klar.
(Ab links, dritter Gang mit ihren Damen.)
Fernando (matt zurücksinkend). O, ich fühl' es: dieses war
Wol ein Abschied für das Leben!

Einundzwanzigster Auftritt.

Fernando. Brito. Coutinho kommt von rechts vorn mit einem Brode.
Allmählich geht die Tagesbeleuchtung in sanftes Abendroth über.

Coutinho (leise flüsternd). Kaum gelang mir's, hart bedroht
Von den Maurenwächtern eben,
Dir zu schaffen dieses Brod;
Schläge hat es viel gegeben.
Fernando. Adam's Erbtheil ist die Noth.
Coutinho. Nimm!
Fernando (seufzend). Ich kann nicht mehr! Der Tod,
Treuer Freund, schon naht heran.
Coutinho (ihn stützend). Nein, o Himmel! Sieh' mich an!
Fernando (ihm die Hand reichend). Bald ist es um mich gethan.

Also zwingen irb'sche Schranken
Jeden an sich selbst zu kranken,
Bis er, wann das Leben endet,
Heilung darf dem Tod verdanken.
Mensch, sei stumpf nicht, noch verblendet,
Denk' in dieser kurzen Frist,
Daß ein ew'ges Leben ist;
Säume nicht damit, bis schwere
And're Krankheit noch dich lehre,
Daß du selbst die größte bist.
Immer wandelst du auf Erden
Schnellen Schrittes auf und ab,
Als ob du nie fertig werden
Könnest, nie dir nah das Grab.
Und doch mahnen dich Beschwerden
Mancherlei auf deiner Bahn!
Jeder Schritt, woll' es bedenken!
Drängt dich vorwärts; wenn gethan,
Kann selbst Gott nicht rückwärts lenken
Ihn nach Seinem weisen Plan. —
Doch genug! Es kommt zum Scheiden . . .
Eure Arme schlingt um mich . . .

    Coutinho (ihn stützend). Sieh', die meinen halten dich!

    Brito (unterstützt ihn von der andern Seite).

    Fernando (in letzter aufflammender Begeisterung).

Dank euch, Freunde! . . . Hört . . . Ihr Beiden
Sollt mich, wenn ich starb, bekleiden
Mit dem Ordenskleid . . . versteckt
Liegt's im Kerker . . . unbedeckt
Senkt mich in das Grab hinein,
Wenn der König, der noch wüthet,
Mild dann sein will und verzeih'n.
Ob ich auch gefangen sterbe,
Freiheit dennoch ist mein Erbe,
Und mein Gott, für den ich litt,
Dem ich manche Kirch' erstritt,
Sorgen wird er, daß den Todten
Bald empfange heil'ger Boden.
    (Er sinkt in Coutinho's und Brito's Arme.)

Fünfter Aufzug.

Flache Seeküste unweit Fez.
Letztes Abendroth.

Erster Auftritt.

Dom Affonso. Dom Henrique. Portugiesische Hauptleute und Soldaten treten mit Fahnen, Arkebusen und andern Waffen von rechts vorn auf.

Affonso. Auf! Sorgt, daß hier am maurischen Gestade
Die Flotte schnell der Mannschaft sich entlade,
Geschützesschwanger jeder unf'rer Kiele
Als ein trojanisch Pferd sich bald bewähre.
Zum Angriff blast, denn nah sind wir dem Ziele!

Henrique. Mein König, höre mich, wenn ich erkläre,
Es ist zu spät zur Schlacht. (Es dunkelt tiefer.)

Affonso. Weshalb? Nur Memmen
Verschmähen es bei Nacht zu attaquiren!
Kein Augenblick darf unf're Rache hemmen!
Wenn wir noch länger hier die Zeit verlieren,
Kann sich der Feind uns leicht entgegenstemmen
Mit solchen Kräften, die das Triumphiren
Vielleicht uns erst nach langem Kampf erlauben.

Henrique. Sieh', Finsterniß verhüllt der Sonne Funkeln!

Affonso. Was schadet das! So fechten wir im Dunkeln!
Sei überzeugt, den felsenfesten Glauben
In meiner Seele kann mir nichts mehr rauben!
Fernando hat für Gottes Ruhm gestritten,
Für Gottes Sache tiefste Schmach erlitten, —
Ihn rächend, müssen wir den Sieg erringen!
Die Ehre winkt! Uns wird das Werk gelingen!

Henrique. Laß deinen Stolz nicht Wahngebilde schaffen!
(Es ertönt eine leise, geisterhafte Musik links hinter der Scene.)

Fernando's Geist (von ebendort, unsichtbar).
Zum Angriff, Dom Affonso! Zu den Waffen!
(Zinken erschallen von fern links in die Musik hinein.)

Affonso (lauschend). Henrique, hörtest du die dumpfe
Stimme?!...

Mir ist's, als ob im Winde sie verschwimme!

Henrique. Wol hört' ich sie und Zinkenruf dabei,
Als ob er Mahnung uns zum Kampfe sei!
(Es wird völlig Nacht.)

Affonso. So geh' es ohne Säumen denn zur Schlacht!
Gott über uns wird wachen!

Fernando's Geist (wie vorher). Ja, er wacht!
(Allgemeine Bewegung.)

Zweiter Auftritt.

Die Vorigen. Fernando's Geist tritt auf von links vorn, im Ordens=
mantel, mit einer brennenden Fackel in der rechten. Alle stehen tief
ergriffen und nehmen unwillkürlich die Helme ab. Affonso und Hen=
rique knieen nieder. Die Musik dauert unsichtbar fort.

Fernando's Geist. Affonso, Held und König, glaube mir:
Gewiß, die Gnade Gottes ist mit dir!
Dein Glaubenseifer hat ihn dir verpflichtet
Zum Schutze, da Er meine Sache schlichtet
Und mich, der ihr gedienet fromm und treu,
Erlösen will aus schnöder Sklaverei.
Mit dieser Fackel hier in meiner Hand —
Die Glut im Osten setzte sie in Brand —
Werd' ich, auf deinem Pfad dir leuchtend, schreiten
Vor deinem stolzen Heer und so dich leiten,
Daß dir, bevor noch diese Nacht vorbei,
Der herrlichste Triumph beschieden sei.
Auf denn gen Fez! Es währet nicht mehr lang,
Und Sonnenaufgang bringt mein Untergang.
(Er schreitet quer über die Bühne nach rechts hinten. Die Musik
schweigt, sobald er dort verschwunden.)

Henrique (sich erhebend; sehr erschüttert).
Affonso, noch bezweifl' ich, was ich sehe!

Affonso (gleichfalls aufstehend, doch stolz und freudig aufflammend)
Ich nicht! — Mein Glaub' ist felsenfest; so gehe
Getrost ich denn dem Boten Gottes nach.
Da er in dem Gebild uns ist erschienen,
So liegt es für uns Alle klar zu Tag,
Wir stehen schon dem höchsten Ziele nah
Und werden dem, als unf'rem Retter dienen,
Der sich das Märtyrthum zum Preis ersah

Für unsern Ruhm. — Auf! Stürzet wie Lawinen
Euch auf den Feind und ruft Victoria!
(Unter Trommelwirbel und Trompetengeschmetter, mit hochgehobenen
Fahnen und gezückten Degen Alle rechts hinten ab.)

Verwandlung.

Vor den Mauern von Fez, die sich, mit Wartthürmen dahinter, im
Hintergrunde hinziehen. Es ist Nacht.

Dritter Auftritt.

Kurze Pause, durch eine von fern hinten schallende maurische Trauer=
musik ausgefüllt. Während derselben wird ein offener Sarg mit der
Leiche des Infanten Fernando, von **Coutinho**, **Brito** und mehreren
Christensklaven, die Fackeln darüber halten, auf die Mauer gehoben.
Der König, Selim und maurische Krieger zeigen sich rechts daneben
auf der Mauer. Der Mond geht auf und beleuchtet die Scene so hell
als möglich. Auf Selims Wink schweigt die Musik.

König. Wohl, hier soll die Leiche prangen
Als ein Denkmal meines Ruhmes
(zu den Christen) Und der Ohnmacht, die mit Bangen
Denkt vergang'nen Heldenthumes.
　　　(Nach rechts vorn in die Coulisse rufend.)
Christen, holt euch von der Mauer
Den Infanten, holt ihn euch!
Seht, damit euch nicht zu sauer
Werde dieser Heldenstreich,
Stell' ich mit den größten Ehren
Hier ihn aus; was wollt ihr mehr! —
Doch ihr könnt mich ja nicht hören,
Da euch Tarudante's Heer
Wird nach Fez den Zutritt wehren.
　　Coutinho. Freu'st du dich des Siegs, Barbar,
Den du grausam dir errungen?!
Höhne nicht! Auch du, fürwahr,
Wirst vom Schicksal noch bezwungen!
(Nach rechts vorn blickend, von wo, ganz in der Ferne, ein Trommel=
wirbel hörbar wird.)
Und bei Gott! schon bald geschieht es.
Durch die mondershellte Nacht
Sieht mein Aug' — o Himmel! sieht es
Christlicher Standarten Pracht . . .

Ja, sie kommen, all' die Meinen . . .
Wahrheit ist's! Es sind die Christen!

Alle Christen (mit erhobenen Händen).
Weltenheiland, hilf den Deinen!

König (spottend). Sollt' euch Hilfe jetzt erscheinen,
Wunder wol geschehen müßten!

Selim (der gleichfalls nach rechts vorn hinausgeschaut hat).
Wirklich, Herr, dort steht der Feind!
Laß uns zur Vertheid'gung rüsten.

König. O, das ist nicht nöthig, Freund!
Tarubante hält ihm Stand.

Selim (dringend). Nein, o König! Wohlbekannt
Sind der Christen Fahnen mir; —
Laß uns nicht mehr zögern hier.

König (zu Coutinho und den Christensklaven, die mit entblößtem
Haupt, wie in begeistertem Gebete, den Sarg umringen).
Wenn sich so verhält die Sache,
Wohl, dann fürchtet meine Rache!
(Ab mit dem ihn fortziehenden Selim und den Mauren hinter die
Mauer.)

Vierter Auftritt.

**Coutinho kniet bei der Leiche nieder, — die Christensklaven und Brito
desgleichen.**

Coutinho. Nein, sein Tod war nicht vergebens!
Zu der Hoffnung neuen Lebens
Weckt er, wo er sie verlor,
Die er hinterließ, empor! —
Theure, modernde Gebeine,
Ob ich über euch auch weine,
Doch verbürgt ihr, daß im Sterben
Er uns wollte Sieg erwerben.
(Hinter der Scene rechts gedämpfter Trommelwirbel aus der Nähe.
Coutinho steht nebst den Sklaven auf und blickt nach rechts vorn hinaus.)
Horch, bei dumpfem Trommelschlag
Ziehen Krieger, ihre Fahnen
Senkend, wie an einem Trauertag,
Feierlich daher und mahnen,
Daß ein dunkles Schicksal nah' . . .
Schauet her . . . schon sind sie da.

Fünfter Auftritt.

Die Vorigen. Fernando's Geist kommt voran von rechts vorn mit
der Fackel, — hinter ihm Dom Affonso, Henrique und ihre Truppen,
welche Tarudante, Phönix und Muley gefangen führen. Eine geister=
hafte Musik beginnt, fern hallend, hinter der Scene, sobald Fer=
nando erscheint.

Fernando's Geist. In der Dunkelheit der Nacht
Hab' ich, da ich vor dir wandle,
Dich, Affonso, nach der Schlacht
An die Mau'r von Fez gebracht.
Hier um meine Lösung handle.
(Ab nach links vorn. Die Musik schweigt, sobald Fernando ver=
schwunden ist.)
Affonso (niederknieend). Hehrer, ja, ich folge dir!
(Er steht auf.) Ihr dort oben, sagt, daß hier
Ich den König sehen will.
Coutinho. Seht, da ist der König.
Affonso. Still!

Sechster Auftritt.

Vorige. König und Selim erscheinen auf der Mauer.

König. Seh' ich recht?! Was soll ich sagen!
Tarudante schon geschlagen?!
Dom Affonso vor der Stadt?!
Affonso. Hör' mich, König!
König. Was begehrst du?
Affonso. Daß befreit sei der Infante
Dom Fernando gleich; gewährst du
Das, so geb' ich Tarudante
Dir und Phönix zum Ersatz,
Welche hier gefangen steh'n.
Wähle nun: Schatz gegen Schatz!
Phönix stirbt, wird er nicht frei!
König (zu Selim). Rathe, was zu thun nun sei?!
Der Infant liegt hier als Leiche,
Phönix ist im Machtbereiche
Meines Feindes: wie sich zieh'n
Aus der unglücksel'gen Lage!
Phönix (zum König). Was ist das! Du hörest ihn,

Sein Erbieten, seine Frage,
Vater, siehest mich gefangen, —
Siehest, wie ich zitt're, zage,
Meine Freiheit gern erlangen
Möchte, — siehest, wie mein Leben
Ist in deine Hand gegeben, —
Und, zu wandeln mein Geschick,
Kannst du einen Augenblick
Nur noch zaudern ohn' Erbeben?!
Duldest du, daß ich vor dir
Schmacht' in Feindeshänden hier?!
Während meine Brust bedroh'n
Racheburst'ge Dolche schon,
Leidest du, obwol mir nah',
Daß ich heiße Thränen weine?!
    König. Phönix, unser End' ist da, —
Deines nicht nur, auch das meine, —
Hör' es aus des Vaters Munde! — —
Wiss', Affonso, um die Stunde,
Da sie auszog mit dem Gatten
Gestern in des Abends Schatten,
Wie die Sonn' in's Meer des Schaumes,
Sank in das des Todestraumes,
Der sich einst Fernando nannte,
Mein Gefang'ner, der Infante.
    (Allgemeiner Aufschrei unter den christlichen Kriegern.)
Diese schmalen Bretter fassen
Das, was von ihm übrig, ein; —
Willst du Phönix morden lassen,
Mag Ersatz mein Blut dir sein.
    Phönix (sich verhüllend). Alles ist für mich vorbei!
    Henrique. Helfe Gott mir! Eh' er frei,
Starb er, und zu spät für ihn
Hier die Retterhand erschien!
    Affonso. Nein, so, denk' ich, ist es nicht!
Hab' ich richtig ihn verstanden,
Ward mir auferlegt die Pflicht,
Nicht ihn selbst von seinen Banden
Freizumachen, sondern hier

Seine Leiche. Unterhandeln
Also jetzt darüber wir. —
König, dein Geschick zu wandeln
Und zu folgen dem Gebote,
Ruf' ich: nicht geringer wiegt,
Als dein Kind hier, dort der Todte;
So, wie er im Sarge liegt,
Tausch' ich ihn für Phönix ein;
Sie, die Hold' und Anmuthreiche,
Soll Ersatz für Jenen sein,
Lenzesblume für die Leiche.

  König (freudig überrascht). Held Affonso, was begehrst du?!
  Affonso. Nimm es an, was ich geboten,
Und am Besten so mich ehrst du.
  Phönix (schaudernd). Preis bin ich für einen Todten!
Was das dunkle Wort mir barg,
Klar ich nun verstanden habe.
    (Sie bricht zusammen. Muley fängt sie auf.)
  König (zu Coutinho und den Christensklaven).
Laßt hinunter denn den Sarg,
Und ich will zu seinen Füßen
Selbst vollzieh'n die Uebergabe.
(Er tritt mit Selim zurück. Der Sarg wird unter einer hinter der
Scene erschallenden maurischen Trauermusik an Stricken an der Mauer
heruntergelassen. Die portugiesischen Soldaten machen, um diese Ope=
ration zu decken, in zwei Gliedern Kehrt gegen die Mauer und stellen
sich, ihre Waffen und Fahnen hochhaltend, gerade davor. Wenn der
Sarg unten angelangt ist, öffnen sich die Reihen der Krieger, und jener
wird auf einen Wink Affonso's von acht Soldaten ganz nach links vorn
getragen. Fernando liegt offen darin in seinem Ordenskleid. Sobald
   der Sarg vorn steht, verstummt die Musik.)*)
  Affonso (am Sarge knieend).
Heil'ger Märtyrer, wir grüßen
Liebend und umarmen dich.

---

*) In dem Sarge, der heruntergelassen wird, liegt nur eine Puppe.
Er verschwindet, sobald er unten ankommt, durch eine Versenkung,
während ein zweiter Sarg, worin der wirkliche Fernando liegt,
gleichfalls vom Publikum ungesehen, d. h. von davorstehenden Solda=
ten gedeckt, durch die hintere Coulisse links an die Stelle des ver=
schwundenen getragen wird.

Henrique (knieet hinter dem Sarg).
Bruder, dich verehr' auch ich.
(Inzwischen sind der König, Selim, Coutinho, Brito und andere
Christensklaven mit maurischen Kriegern von der Mauer herabgestiegen
und treten von rechts hinten auf.)
Coutinho (zu Affonso). Held Affonso, gönne mir,
Dir die Siegerhand zu küssen.
Affonso (ihm die Hand reichend).
Treuer Kämpe, nimm sie hier! —
(Alle Christensklaven küssen Affonso die Hände und umarmen
dessen Krieger.)
Muß ich auch des Ruhms entbehren,
Daß ich dem Infanten noch
Rettete das Leben, — ehren,
Würdig ehren will ich doch
Seines herben Todes Pein
Und, so wahr ein Christ ich bleibe,
Eine heil'ge Kirche weih'n
Seinem nun erlösten Leibe.
(Zum König, der inzwischen Phönix umarmt hat.)
Phönix, Muley, Tarudante
Ueberlaß ich, König, dir,
Bittend, gib, da der Infante
Muley's Freund gewesen, ihr
Zum Gemahl den besten Krieger
Und das treuste Herz in Fez.
König (nach kurzem Besinnen).
Wohl, empfangen muß vom Sieger
Der Besiegte das Gesetz. (Tarudante wendet sich schmerzvoll ab.)
Muley (hingerissen). Hör' es, hehrer Sternenkreis:
Phönix, Phönix wird die Meine!
Phönix. Um des Freundes theuren Preis
Werd' ich, Muley, jetzt die Deine!
(Sie gibt ihm ihre Hand, die er glühend küßt.)
Affonso. Auf, Gefang'ne, traget ihr
Auf den Schultern nun die Leiche
Zu der nahen Flotte hier!
Tiefgebeugt vom Schicksalsstreiche
Und gefaßt doch, folgen wir
Still in brünstigen Gebeten

Auf dem ernsten Trauergang
Bei der lieblichen Trompeten
Und gedämpfter Trommeln Klang;
Und mit uns das ganze Heer
Ziehe feierlich an's Meer,
In der Heimat zu bestatten
Den, den Alle lieber hatten,
Wie sich selbst, und der da bleibt
Höchster Held im Ruhmestempel, —
Wo man auch Geschichte schreibt,
Ewig leuchtendes Exempel
Für das Kind des Kindeskinds:
Portugals standhafter Prinz! —

(Der Sarg wird von den Christensklaven aufgehoben, und unter einem
hinter der Scene rechts gespielten christlichen Trauermarsch setzt sich der
Zug nach rechts, dritter Gang, in Bewegung; Fahnen flattern über
dem Sarge. Vorn stehen bleiben der König, Tarudante tröstend, Phönix
und Muley; die beiden Letztern winken der Leiche schwermüthige
Grüße nach.)

Ende.

Aus Philipp Reclams Universal-Bibliothek.

Preis jeder Nummer **20** Pfennig.

Spanische Literatur.

Alarcon, D. Pedro de. Der Dreispitz. Roman. Deutsch v. Hulda Meister. 2144.

—, Kapitän Veneno. Novelle. Uebersetzt von Georg Müller. 4008.

Breton de los Herreros, Don Manuel, Ein weiblicher Don Juan. Lustspiel in 1 Aufzug. Uebertragen v. Johannes Fastenrath. 4056.

Caballero, Fernan, Arme Dolores! Erzählung. Deutsch von Wilhelm Lange. 1709.

—, Servil und liberal. Erzählung. Deutsch von Wilhelm Lange. 1239.

Calderon de la Barca, Die Andacht zum Kreuze. Schauspiel in 3 Aufz. Dtsch. v. A. Wilh. v. Schlegel. 999.

—, Der Arzt seiner Ehre. Schauspiel in drei Aufzügen. Deutsch von J. D. Gries. 590.

—, Das Leben ein Traum. Drama in 5 Aufzügen. Deutsch von C. A. West. 65. Geb. 60 Pf.

—, Der Richter von Zalamea. Schauspiel in 3 Aufzügen. Deutsch von J. D. Gries. 1425.

—, Der standhafte Prinz. Trauerspiel in 5 Aufzügen. Deutsch v. Alfred Freiherrn v. Wolzogen. 1182.

—, Der wundertätige Magus. Drama in 5 Aufzügen. 4112.

Cervantes, Saavedra, Der scharfsinnige Junker Don Quijote von der Mancha. Erzählung. Deutsch von D. W. Soltau. 2 Teile. 821—830. Geb. Mk. 2.50.

—, Preciosa, das Zigeunermädchen. Novelle. Deutsch von D. Fr. Hörlek. 555.

—, Señora Cornelia. Erzählung. Deutsch von C. von Reinhardstoettner. 151.

Echegaray, José, Schlechte Erbschaften. Schauspiel in 3 Aufz. Uebersetzt v. Wittmann u. Schell. 4508.

—, Galeotto. Drama in 3 Aufz. u. einem Vorspiel. Deutsch von C. Fr. Wittmann u. P. Voß. 4306.

—, Wahnsinn ob. Heiligkeit. Drama in 3 Aufzügen. Deutsch von Carl Wiene und Gustavo Kirem. 2509.

Hartzenbusch, Don Juan Eugenio, Die Liebenden v. Teruel. Drama in 5 Aufzügen. Deutsch v. Ad. Seubert. 459.

Iriarte, Don Tomás de, Literarische Fabeln. Dtsch. v. Fr. Adler. 2344.

Mendoza, Diego Hurtado de, Leben und Abenteuer des Lazarillo von Tormes. Ein Schelmenroman. Deutsch von F. v. Aubingen. 1389.

Moreto, Donna Diana. Lustspiel in 3 Aufzügen. Deutsch von C. A. West. 29. Geb. 60 Pf.

Pardo-Bazan, E., Adam u. Eva. Roman. Autorif. Übersetzung von H. Katz u. A. Rudolph. 4115—17.

Tellez, Fray Gabriel (Tirso de Molina), Don Juan, der Verführer von Sevilla u. der steinerne Gast. Drama in 3 Aufz. Nach dem Spanischen von Hans Oßig. 3569.

Valera, Juan, Pepita Jimenez. Roman. Deutsch von Wilhelm Lange. 1878/79.

Vega, Lope de, Die Sklavin ihres Geliebten. Lustspiel. Deutsch von A. Seubert. 727.

—, Dieses Wasser trink' ich nicht! Lustspiel in 3 Aufzügen nach Los Milagros del Desprecio von E. Tiessen. 2708.

Zárate, D. Antonio Gilde, Guzman der Treue. Drama in 4 Aufzügen. Deutsch von Adolf Seubert. 566